SOCIEDADE
entre linhas e letras

NA MARCA DO PÊNALTI

LEO CUNHA

3ª Edição

9ª tiragem
2018

ILUSTRAÇÕES
Roger Mello

Copyright © Leo Cunha, 1999.

SARAIVA Educação S.A., São Paulo, 2006
Avenida das Nações Unidas, 7221 – Pinheiros
CEP 05425-902 – São Paulo-SP
tendimento@aticascipione.com.br
www.aticascipione.com.br

Todos os direitos reservados

Dados Internacionais de Catalogação na Publicação (CIP)

Cunha, Leo, 1966-
 Na marca do pênalti / Leo Cunha ; ilustrações Roger Mello. — 3. ed. — São
Paulo : Atual, 2002. — (Entre Linhas e Letras: Sociedade)

 Inclui roteiro de leitura.
 ISBN 978-85-357-0027-5

 1. Literatura infantojuvenil I. Mello, Roger, 1965-. II. Título. III. Série.

CDD-028.5

Índices para catálogo sistemático:
1. Literatura infantojuvenil 028.5
2. Literatura juvenil 028.5

Coleção **Entre Linhas e Letras**

Desenvolvimento de produto

Gerente editorial: Wilson Roberto Gambeta
Editor: Henrique Félix
Assessora editorial: Jacqueline F. de Barros
Coordenadora de preparação de texto: Maria Cecília F. Vannucchi
Revisão de texto: Pedro Cunha Jr. e Lilian Semenichin (coords.)
Lúcia Leal Ferreira
Valéria Franco Jacintho

Produção editorial

Gerente de arte: Edilson Félix Monteiro
Editor de arte: Celson Scotton
Chefe de arte: Marcos Puntel de Oliveira
Diagramação: Adriana M. Nery de Souza
Editoração eletrônica: Silvia Regina E. Almeida (coord.)

Colaboradores

Projeto gráfico: Glair Alonso Arruda
Preparadora de texto: Márcia da Cruz Nóboa Leme
Roteiro de leitura: Luiz Antonio Aguiar

811619.003.007

Impressão e acabamento
Gráfica Paym

CL: 810417
CAE: 576014

NA MARCA DO PÊNALTI

LEO CUNHA

ROTEIRO DE LEITURA

O futebol é a grande paixão de Campos Gerais. A população se divide em duas torcidas: a do Ferroviário e a do Bangu. Todos os mistérios e confusões da cidade têm alguma coisa a ver com futebol.

Não foi por outra razão que Nina se meteu na maior das enrascadas. Com 12 anos, Ferroviário doente e fã do Sabonete — o herói da cidade, craque da seleção brasileira —, não é que ela, sempre tão bem-comportada, entrou na escola às escondidas para roubar a prova de História? E não é também que alguém foi dedurar a Nina? E logo alguém que ela nunca poderia esperar que fizesse isso.

A partir de então, muitos segredos são revelados. E mudanças surpreendentes vão acontecer, de virada, na vida dos habitantes de Campos Gerais.

POR DENTRO DO TEXTO

Enredo/Truques para contar histórias

1. Quando a gente vai ao cinema, antes do começo do filme assiste geralmente a vários *trailers*. No capítulo 'Más línguas', que introduz a história, o autor usa um recurso muito parecido. Por que a gente poderia dizer que esse capítulo é quase um *trailer* da história? Qual é o truque? Será que no *trailer* conta-se *tudo* o que vai acontecer na história?

_____
_____
_____
_____

2. O autor usa outro truque — nos capítulos 'Padre Amâncio, eu quero me confessar'; 'Padre Amâncio, sou eu de novo...' e 'Padre Amâncio, lembra aquela história?' — para esconder uma das surpresas do enredo. Que surpresa é essa, e como o autor faz para "escondê-la"? Quem você pensou que estava se confessando ao padre Amâncio?

_____
_____
_____
_____

3. Algumas personagens de *Na marca do pênalti* guardam segredos muito importantes. No decorrer da história, esses segredos vão gerando tensão e interesse, até que chega o momento em que são revelados. Qual é o segredo de cada uma das personagens abaixo? Por que esses segredos geram tensão? O que a revelação deles muda na vida dessas personagens?

   a) professor Ladeira:

_____
_____
_____
_____

b) padre Amâncio:

_____

_____

_____

c) Maria:

_____

_____

_____

4. "Futebol é uma caixinha de surpresas". É assim que o autor inicia o capítulo 'Caixinha de surpresas'. Por que a gente poderia dizer que essa frase dá o tom da história?

_____

_____

_____

5. Há certos elementos do cotidiano das personagens de Campos Gerais que a gente logo reconhece como característicos da vida de uma cidade do interior. Você poderia lembrar alguns desses elementos?

_____

_____

_____

6. Você sabe o que é uma _parábola_?
Parábola é um tipo de narrativa muito usada no Novo Testamento, na Bíblia. Serve para passar uma lição de moral ou religiosa sob a forma de uma pequena história, como a do filho pródigo, citado no capítulo 'O bom filho'. Padre Amâncio está usando a parábola como um truque para dizer alguma coisa aos moradores de Campos Gerais. O quê?

_____

_____

_____

SUGESTÕES PARA REDAÇÃO

24. Escute os hinos de futebol de alguns clubes. Eles falam da formação do clube, de suas conquistas, de sua história. Você tem um time em sua rua ou em seu colégio? Que tal escrever a letra de um hino para ele? Caso você saiba tocar um instrumento, faça a música também; se não sabe, aproveite a música de um hino já existente.

25. Que tal você se tornar um cronista esportivo? Finja que é um jornalista e descreva para seus leitores uma partida, comentando os lances principais e transmitindo emoção. Pode ser uma partida que tenha acontecido mesmo ou uma inventada por você.

26. Uma das características deste livro é o grande número de personagens simpáticas e cativantes. Em sua rua, em seu prédio ou em seu colégio, também deve haver pessoas assim. Faça um texto descrevendo uma dessas pessoas, mostrando suas principais características e transformando-a em personagem de uma história. Será que ela também teria algum segredo ligado ao futebol?

19. Você já deve ter visto muitos anúncios aproveitando cenas de futebol e a imagem de jogadores. Que tal usar os mesmos recursos — a linguagem publicitária e o futebol — para fazer uma campanha com temas como vacinação, combate à pobreza, reciclagem de lixo, etc., que possa ajudar a sua comunidade? Vale usar fotos e outros recursos tirados da internet.

(Sugestões para História, Educação Física e Ciências)

20. No livro *Feliz 1958, o ano que não devia terminar*, Joaquim Ferreira dos Santos cita acontecimentos importantes desse ano — como o nascimento da bossa nova e a nossa primeira conquista da Copa Jules Rimet, na Suécia —, e escreve: "São todos fatos de 1958 e, se você quiser, há outros fatos de 1958 para provar que ainda não houve ano melhor em nossas vidas". Pesquise como foi para o Brasil o ano de 1994, quando conquistamos pela quarta vez a Copa do Mundo. Será que esse ano tem alguma semelhança com 1958?

21. Exercícios físicos fazem bem à saúde, desde que se tome uma série de cuidados, como beber bastante líquido durante atividades aeróbicas, respeitar os limites do corpo, etc. Convide um professor de Educação Física para fazer uma palestra explicando que cuidados se deve ter ao realizar exercícios físicos e os benefícios decorrentes da prática adequada.

22. Em sua grande maioria, os jogadores de futebol não ficam ricos nem famosos. Visite um time de pouco destaque, entreviste um jogador que não seja conhecido e peça a ele que conte sua vida, falando de sua luta para vencer e se tornar um craque.

23. Atualmente, as mulheres estão assumindo vários lugares que antes eram reservados aos homens. Por exemplo, hoje há times e seleções de futebol feminino. Organize um debate em classe sobre as conquistas das mulheres na sociedade e nos esportes.

Personagens

7. Duas personagens que aparecem bastante em cena são Nina, a *protagonista* (se não sabe o que a palavra quer dizer, procure no dicionário), e Peruca. O que você destacaria como características principais de cada uma?

_____

_____

_____

_____

_____

_____

8. Tonho e Tavinho têm, cada um, seu momento *de virada* na história, quando ganham coragem para fazer coisas importantes e necessárias para se sentirem melhor consigo mesmos. Que momentos são esses?

_____

_____

_____

_____

_____

_____

9. Nina participa do roubo da prova de História. Maria rouba de sua irmã a redação do Sabonete. E até o padre Amâncio roubou a Bíblia da avó, quando criança. Para você, fica mais fácil ou mais difícil gostar de uma personagem que comete seus "pecadilhos"? Por quê?

_____

_____

10. Antes de roubar a prova de História, Nina era considerada uma garota bem-comportada. E, depois, ela se arrepende do que fez. O que você acha das razões de Nina para cometer esse roubo? Você a perdoaria, como fizeram os professores? Por quê?

_____

_____

_____

Linguagem

11. O diálogo entre o padre Amâncio e Peruca, no capítulo 'A não ser que...', é uma verdadeira linha de passe, cheia de malandragens. Há várias expressões típicas do futebol, que são usadas com duplo sentido. Que expressões são essas? E qual o outro significado delas, que não tem a ver com futebol, mas com o fato de o padre estar chamando a atenção de Peruca?

_____
_____
_____
_____
_____
_____
_____
_____
_____

12. O que você entende pelas duas expressões abaixo?

a) "Gol espírita" (p. 5) — _____
_____

b) "Esse aí a natureza marca!" (p. 7) — _____
_____

DO TEXTO AO CONTEXTO

13. Entre 1964 e 1984, o Brasil foi governado por uma ditadura militar, conforme conta o professor Ladeira. Muitos filmes já foram feitos sobre esse período e até um seriado de TV, *Anos rebeldes*. Na sua opinião, quais as vantagens de viver sob uma democracia? Que direitos das pessoas foram eliminados durante a ditadura? Debata com os colegas: no Brasil temos uma democracia completa?

14. Agora você é o juiz. E vai julgar o Tonho por ter denunciado a Nina. Leve em consideração os problemas da vida dele e o peso de tentar ser um "garoto exemplar". Você conhece garotos ou garotas assim? Já se viu na situação de denunciar um amigo ou de ser denunciado por ele? Discuta com seus colegas: será que os amigos de Tonho fizeram bem em perdoá-lo? Por quê?

15. O Brasil é um país com muitos problemas. Mesmo assim, quando o assunto é futebol e carnaval, tudo vira festa. Você acha que isso é sinal de alienação do nosso povo? O que você acha desses momentos em que o brasileiro parece esquecer seus problemas? Será que os esquece mesmo? Debata essas questões em classe.

OUTROS TEXTOS, OUTRAS LINGUAGENS

(Música, Jornalismo, Cartum e Publicidade)

16. Em seu álbum *Uma palavra*, o compositor Chico Buarque celebra, na letra de 'O futebol', toda a malícia e alegria desse jogo, citando inclusive vários craques do passado. Ouça a música, prestando atenção na letra, e tente descobrir como o "jeito brasileiro", a nossa identidade cultural, se manifesta na relação apaixonada com o futebol. Depois, discuta com os colegas: que características do povo brasileiro estão presentes no nosso futebol?

17. Vários cronistas de futebol fizeram história na imprensa brasileira. Mário Filho, Nélson Rodrigues e João Saldanha, por exemplo, escreveram textos cheios de perspicácia e humor. Procure na biblioteca uma crônica de um desses autores. Preste atenção no estilo, nos comentários. Você vai conhecer um tipo de texto que é, sem dúvida, um gênero literário dentro do jornalismo.

18. O falecido cartunista Henfil criou personagens, como a Graúna e o Fradinho, que ficaram famosas no Brasil inteiro. Mas, antes delas, Henfil criou personagens para vários times de futebol do Rio de Janeiro, que viraram símbolos de suas torcidas. Procure conhecer a obra de Henfil e um pouco de sua história. Vale a pena. Ele foi um artista maravilhoso e, além disso, era irmão do também falecido Herbert de Souza, o Betinho, criador do Movimento pela Cidadania.

SUMÁRIO

Primeiro tempo 1
Descamisado 2
Más línguas 3
Caixinha de surpresas 5
A não ser que... 9
Um papel todo dobrado 11
Essas coisas de ídolo 15
Tavinho do céu 19
O que é História 21
Ruim da cabeça, doente do pé 26
Na marca do pênalti 28
Padre Amâncio, eu quero me confessar 31
A sala do diretor não tinha fim 33
O autodrible 37
Padre Amâncio, sou eu de novo... 39

Intervalo 41

Segundo tempo 51
Os cidadãos decentes 52
O bom filho 55
A sala do diretor acabava logo ali 58
Uma casa bem afastada 60
Se contassem, ninguém iria acreditar 64
A moça mais azarada do planeta 69
Padre Amâncio, lembra aquela história? 71
Concentração 74
Magnética 77
Bangu doente 80
Sem barreira 83
Depois que tudo não terminou 86

Prorrogação 87
O autor 88
Entrevista 90

A minha mãe, atleticana doente.
A meu pai, cruzeirense roxo.

PRIMEIRO TEMPO

DESCAMISADO

E chegou um momento em que os homens se dividiram entre camisados e descamisados. Foi esse o critério.

Naquele momento, eu, descamisado, caminhei para o outro lado, o lado das camisas.

E, sem me dar conta do erro, fui seguindo, me distanciando cada vez mais dos outros dez que já ocupavam o seu espaço, descamisados como eu.

E todos olhavam para mim; olhavam para mim e riam daquele incauto descamisado, que penetrava no lado contrário. O lado inimigo. O lado deles.

Foi então que percebi o engano, a minha ilusão.

Envergonhado, dei meia-volta para assumir a minha posição... descamisada.

E pôde começar o futebol.

Áureo Valente

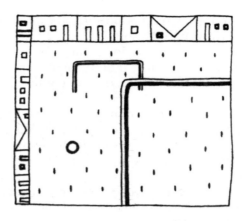

MÁS LÍNGUAS

DIZEM as más línguas que Campos Gerais era uma cidade movida a futebol.

Que lá existiam 42 campos para 10 mil habitantes, o que dava a média de um campo para cada 238 habitantes, incluindo mulheres, bandeirinhas e juízes.

Que nas praças, a grama e as flores eram plantadas de forma a desenharem um estádio de futebol, uma camisa da seleção, uma taça, um apito, uma bola, uma bomba de encher bola, tudo o que vocês puderem imaginar.

Que nas missas de domingo, o padre Amâncio fechava os olhos e rezava pela vitória do Ferroviário e do Bangu, os dois principais times da cidade. E que quando era dia de clássico, Ferroviário × Bangu, ele pedia a Deus que vencesse o melhor. Mas no fundo todo mundo desconfiava que o padre era Bangu doente.

Que o cartório do Mazinho, vizinho do campo do Bangu, vivia vazio, mas que em dia de jogo lotava: todo o mundo querendo casar, descasar, recasar, qualquer coisa. Só porque do cartório dava pra ver o jogo de graça.

Que o Sabonete saiu do Ferroviário, passou pelo Bangu, foi pra São Paulo, como quem não quer nada, e, dois anos depois, já estava na seleção brasileira. Mas nunca mais pôs os pés na cidade, sem ninguém saber por quê.

Que a Nina, na gula dos seus 12 anos de idade, era tão fanática pelo Sabonete que guardava, dentro de um enorme cofre em forma de bola, todos os artigos publicados sobre o ídolo em qualquer jornal de Minas e do Brasil.

Que a irmã da Nina, a Maria, a moça mais bonita e desejada da cidade, tinha um ódio mortal de futebol, especialmente do Sabonete. Por conta dessa aversão, ela ficou 545 dias sem conversar com a irmã.

Que na escola municipal toda prova tinha um tanto de questões sobre futebol. Uma questão famosa de Matemática perguntava assim: Felisberto tem treze filhos homens, seu irmão Adalberto tem apenas dez. Se os dois unirem seus talentos, quantos times completos poderão formar? Outra questão, de Geografia, pedia a escalação completa da seleção brasileira e o estado natal de todos os titulares. Fora o Sabonete, os outros dez a meninada precisava pesquisar até.

Que um tal professor Ladeira, sujeito muito misterioso, um dia chegou à cidade, declarou que detestava bola e resolveu dar uma prova sem nenhuma questão de futebol.

Que a Nina entrou escondida na escola pra roubar a tal prova e, sem querer, acabou encontrando uma redação escrita pelo próprio punho do Sabonete.

Dizem que, a partir desse dia, a cidade virou de cabeça para baixo...

É. Campos Gerais era mesmo uma cidade especial. Malandra, sofrida, redonda, cheia de ventos. Feito uma bola de futebol.

CAIXINHA DE SURPRESAS

FUTEBOL é uma caixinha de surpresas. Num dia a gente perde, no outro, deixa de ganhar... A pelada de sábado, no largo das Palmeiras, era bem assim: o time do Tonho ganhava sempre. E naquele dia, quando se aboletou na calçada ao lado da Cida, pra assistir ao jogo, a Nina sabia que não ia ser diferente.

O sol estava uma lua cheia, mas os meninos jogando pra valer. Cinco pra cada lado. O time de camisa foi de Murilo, Tavinho, Banana, Peruca e Último. O sem camisa entrou com o Tonho e mais quatro. O Tonho era tão craque que o povo nem lembrava os outros jogadores do time. Era sempre o Tonho e "o resto".

Como só tinha um goleiro de verdade — o Murilo —, o Peruca mandou o irmão mais novo — o Trancinha — pegar no outro gol. O pirralho gostou, estava acostumado a jogar de bandeirinha, de gandula, até de trave costumavam escalar o coitado.

Mas o jogo. Pra variar, o Tonho estava destoando do resto. Não eram nem onze horas e o placar eletrônico invisível já decretava sete a zero pro time descamisado. Seis do Tonho e um do Tavinho, contra.

O mais bonito, disparado, foi o sétimo: o Tonho dominou a bola a um palmo da linha de fundo e dali mesmo, sem ângulo, quase no córner, meteu um três-dedos e encobriu milagrosamente o goleiro. Gol espírita, o Murilo não viu nem o cheiro encardido da bola. O largo inteiro bateu palmas.

Foi nessa hora que a Nina levou um susto: o juiz deu um apito mais forte que o piuí do trem e anulou o golaço do Tonho. Assim, sem mais nem por quê. Inventou que a bola tinha passado por fora da linha de fundo, depois fez um efeito e voltou pro campo e depois fez um efeito contrário e entrou no gol. Tem base? Aquele juiz era um safado, cafajeste, e estava roubando só pra agradar o Banana. É que o pai do Banana estava financiando a campanha do juiz pra vereador...

Ah, espera aí! Não vai dizer que você acreditou nesse último parágrafo! É tudo mentira, sô! Futebol em Campos Gerais era coisa limpa, não tinha esse negócio de juiz comprado, corrupção, briga de torcida organizada, nada disso. Ali reinava o futebol arte, e o Tonho era o novo Picasso do pedaço. O gol espírita valeu, sim senhor! Sete a zero pro time do Tonho.

Jogar contra o Tonho era covardia. Quer dizer: só não era covardia porque o Tonho respeitava cada um que ele humilhava em campo. Dava um baita lençol e vinha pedir desculpa. Tacava uma debaixo das pernas e logo voltava pra se explicar. Quando marcava gol de bicicleta, arroxeava todo de sem graça, vai entender aquela culpa toda... Pro Tonho aspirar a Garrincha, só faltava aquela molecagem de matar a gente de rir. Porque bola ele tinha de sobra.

Já o Peruca era o contrário. Faltava futebol, mas derramava pimenta. Gostava de filosofar assim:

— O Tonho tem um talento nato, feito um olho azul. Já o meu talento é adquirido, feito um olho roxo...

Era uma peste, o Peruca. Não perdia uma oportunidade de caçoar. Aquele dia, então, foi pior ainda: logo no primeiro chute ele sentiu a coxa.

— Estiramento no adutor externo!!! — ele mesmo diagnosticou, pulando feito saci.

— Deixa de ser besta, sô! — a Nina gritou da torcida. — Nem existe esse *musclo*...

— Vacalha, não, Peruca! — a Cida emendou. — Não tem ninguém pra entrar no seu lugar...

O Peruca parou de saltitar e riu maroto.

— Tá bom. A gente jogamos no sacrifício, só pra agradar a torcida feminina, que a gente somos legal pra danar. Mas já tô avisando: não vou correr mais, vou banheirar o jogo inteiro!

E não saiu da banheira, ficou parado lá na frente feito um três de paus, gozando a cara dos outros.

O Último, que era meio lerdo do pensamento, pega a bola na ponta, olha assim e assim, não encontra ninguém pra passar. Abaixa a cabeça, enche o peito de ar, prepara um torpedo. Não dá tempo, o beque vai em cima dele, delicado feito um jogador uruguaio.

O Peruca:

— Vai, becão, aperta que ele confessa!

Não dá outra. O becão toma fácil a bola e parte destrambelhado pro ataque.

— Viu? — o Peruca grita da meia-lua. — Confessou mesmo!

A Nina e a Cida disfarçam uma risadinha, na torcida, mas o time inteiro fica macho:

— Sacanagem, né, Peruca!

— Em que time cê tá?

— Quer mudar pro lado deles?

O Peruca faz que não está ouvindo.

Dali a pouco, o Banana recebe livre livre na esquerda, vai matar a bola com o lado de dentro do pé, ela escapole entre as pernas, sai rolando preguiçosa pra linha de fundo.

O Peruca:

— Esse aí a natureza marca!

— Pô, Peruca, vê se corre um tiquinho, em vez de ficar agulhando...

Agora é o Tavinho quem recebe na cara do gol. Mas tenta fazer bonito pra Cida, paixão da vida dele. No que dribla o beque pra direita, o campo acaba, a bola sai, vexame completo.

Peruca:

— Ô, Tavinho, só internando ocê...

A Cida não consegue esconder a risada. O Tavinho murcha todo de vergonha. Mas, como sempre, não reclama nem nada. É de boa paz, tímido, medroso até. Fica olhando pro chão.

Mas o resto do time, até o Murilo lá no gol, parte pra cima do Peruca, a fim de jogar o infeliz no rio.

A sorte do Peruca é que bem nessa hora a dona Ofélia, mãe do Tonho, abre a janela e grita:

— Tonho, que carne cê quer?

O Tonho responde, batendo o lateral:

— Qualquer carne, mãe.

Distraídos com a dona Ofélia, os camisados largam mão de pegar o Peruca. Mas quem disse que ele quieta o facho? No lance seguinte, o danado pega a bola na zaga e o Banana grita lá da frente:

— Ô, Peruca, eu tô sozinho na ponta!

O Peruca não lança, prende a bola com o pé.

— Ô, Peruca, eu tô sozinho!

O Peruca nada.

— Eu tô sozinho! Eu tô sozinho!!!

O Peruca para, abaixa, pega a bola, põe debaixo do braço, atravessa o campo devagarzinho. Todo mundo besta, olhando sem dizer uma palavra. Até que o Peruca chega no Banana e dá nele um abraço:

— Cê não tá sozinho não, amigo. Nós estamos aqui, ao seu lado, pro que der e vier. Pode contar com a gente...

A Nina foi a primeira a rir. Depois a Cida. Depois o Tavinho, o Tonho, a turma toda, até o Último. Todo mundo gargalhando, de rolar no chão. Mas o Banana, que era estopim curto, saiu do campo embicando areia pra cima:

— Não dá pra jogar bola com esse babaca...

O pessoal só estava mesmo esperando uma desculpa para acabar a pelada: foi cada um se despedindo, cada um caçando rumo, o Tonho deu três passos e entrou pra casa, que era logo em frente.

Ficaram só o Peruca e o Tavinho. Os dois correram atrás da Nina e abriram o jogo:

— Terça-feira nós vamos roubar a prova de História.

— É, a tal prova em que o professor Ladeira jurou que não vai ter nenhuma questão de futebol.

— Você topa ajudar?

A NÃO SER QUE...

Nina tinha fama de aluna comportada: apesar de andar sempre com os meninos, nunca punha bombinha cabeça de negro no banheiro, nunca pulava o muro dos fundos pra matar aula e jamais borrocava a maçaneta com tinta de caneta esferográfica pra manchar a mão do professor. Até aquele dia, nunca tinha precisado confessar traquinagens pro padre Amâncio. Por isso, não gostou nada daquela ideia de roubar prova. Eles que chamassem outra pessoa. Mas, no dia seguinte, até na igreja o Peruca voltou a insistir: que não podia ser outra pessoa, tinha que ser ela, que ela era menina e ninguém ia desconfiar de uma menina, que ela era amiga de verdade, não era? E falou e falou e não parava de falar.

O padre Amâncio estava a ponto de interromper o sermão, descer do altar, agarrar a juba loura do Peruca e pendurar o moleque no sino da igreja. O padre era manso demais da conta, mas se tinha uma coisa que ele não admitia era conversa paralela na hora da missa.

O Peruca martelando com a Nina:

— Porque cê vê que, né, pois então, a questão é essa...

Nina, na retranca, não dava o braço a torcer. Então, de repente, a voz do padre sumiu e a igreja inteira escutou o Peruca buzinando na orelha da Nina:

— Pelo amor de Deusdete...

A frase ecoou mais que sino. Nina perdeu o fôlego, morta de vergonha. O Peruca, ao contrário, empinou o nariz e manteve a pose. O padre Amâncio, que adorava o palavreado do futebol, aproveitou:

— Não seja fominha, garoto. Distribui o jogo. Deixe todo mundo saber o que você tem de tão importante a dizer, que nem pode esperar a missa terminar.

O Peruca teve a pachorra de responder assim:

— Eu tô conversando com minha amiga aqui. E, pelo que eu sei, conversa não faz curva.

Ao que o padre emendou de sem-pulo:

— É que você soltou uma frase de efeito...

Aí pronto. Não teve jeito de segurar a fiel torcida. Foi gente assoviando, gente gritando e até gente aplaudindo de pé o padre Amâncio. Gol de placa.

Mas o Peruca era topetudo feito ele só, e ainda era capaz de responder outra vez, se a Nina não tivesse grudado as unhas na perna dele:

— Vai embora daqui, Peruca! Eu vou pensar no seu pedido. Amanhã eu dou a resposta.

Voltou amolada pra casa: se não aceitasse, o Peruca ia chamá-la de dondoca, metida, perua.

Mas o que realmente convenceu Nina a participar do roubo da prova foi o que o pai falou, aquela noite. Ele ia pra São Paulo, em dezembro, e estava pensando em levar a filha pra assistir a um jogo do Sabonete.

— Cê tá brincando, pai! — a Nina deu um grito.

Era o sonho da vida dela. Ver o Sabonete ao vivo, num time grande. Quando ele foi embora de Campos Gerais, ainda era um ilustre desconhecido. E depois nunca mais voltou à cidade.

— Sério mesmo — o pai garantiu. — Só tem uma condição: você tem que passar direto em todas as matérias. Não pode ficar de recuperação.

Xiii! Nina pensou, calada. Agora encrencou. Estava com uma nota horrível em História, perigando até tomar bomba. Era quase impossível passar direto. A não ser que... a não ser que...

Correu pro telefone:

— Peruca, já resolvi!

— Uai, rápido assim? Aposto que vai dar uma de dondoca...

— Fala besteira, não! Eu topo ir com vocês — Nina falou, ansiosa, e depois repetiu as palavras do pai. — Mas com uma condição.

— Lá vem você. Que condição é essa?

— Só vou se você prometer que nunca vai contar pro Tonho. Não quero que ele nem sonhe com essa história.

— Ai, meu Deus, ela não quer que o queridinho saiba das molecagens...

— Não enche, Peruca! Você tá cansado de saber que o Tonho é só amigo. Meu melhor amigo.

— Sei...

— E então: promete ou não?

— Negócio fechado, um beijo na bunda e até segunda. Quer dizer, terça.

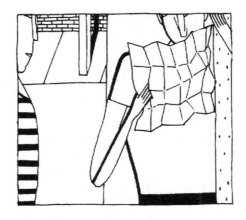

UM PAPEL TODO DOBRADO

O DEPÓSITO da escola ficava no primeiro andar, sala 108, escondido entre as salas do primário. Escondido, mas todo o mundo sabia: ali era o paraíso proibido dos alunos. Boletins, carimbos, cadernetas, diários de classe, todas as delícias proibidas ficavam lá, junto com o mais importante de tudo: as provas finais.

Alguém pode estranhar: por que as provas não ficavam em poder dos professores? Por que ficavam dando sopa na sala 108? Boa pergunta. Mas a verdade é que lá em Campos Gerais era assim: a escola era coisa limpa, sem roubos, sem corrupções, feito o futebol. Jamais poderiam imaginar que alguém iria penetrar naquela sala pra roubar as provas, então não tinham o menor medo. Nem trancada a sala ficava!

Chegou a terça-feira, depois do almoço. Só o científico tinha aula de tarde. O pessoal do ginásio só conseguia entrar na escola com uma desculpa muito boa. Então, no caminho, os três foram maquinando uma mentira pra enganar o porteiro.

— Posso dizer que esqueci a mochila na sala — Nina sugeriu.

— Não — o Peruca cortou. — Vamos dizer que a gente vai na biblioteca, fazer uma pesquisa de Ciências. É mais chique.

O Tavinho, como sempre, não deu nenhuma ideia.

Era impressionante, o Tavinho: não tinha opinião própria, sempre seguia as propostas do Peruca. Abaixava a cabeça e achava graça em tudo o que o outro dizia. Se o Peruca pulasse num precipício, o Tavinho podia até não pular atrás, mas tirava foto.

Resultado: 2 a 1 pra ideia do Peruca.

Nina estava uma pilha. E se o Petrúcio pegasse os três no flagra? Era o disciplinário, de bigodão preto e olhar de carniceiro. Ô medo que a Nina tinha daquele bigode...

Mas estava mais preocupada mesmo era com a possibilidade de o Tonho descobrir. Se ele descobrisse, ia ter uma decepção igual à do Zico perdendo aquele pênalti na Copa de 86.

O Tonho era incapaz de fazer coisa errada. A mesma elegância dos campos, tipo Falcão, ele carregava para a escola. Também não era à toa: craque no futebol e em todas as matérias, ele não precisava fazer esforço pra chamar a atenção das meninas nem para melhorar o boletim. Ai, se o Tonho descobrisse o roubo das provas, nossa senhora, crendeuspade!

Mas, pra Nina, valia tudo. Sem a prova de História, ela não ia conseguir passar de ano, viajar pra São Paulo e ver o Sabonete.

— Que um raio pontudo acerte a cabeça do professor Ladeira. Onde já se viu não gostar de futebol?

— E, pior ainda, dar uma prova dessas?

— Muito esquisito, esse sujeito...

— Quem é que entende a raiva que ele tem do futebol?

Aquele mistério matava a turma de curiosidade. Ainda mais que, toda vez que o Ladeira falava em futebol, ficava espiando o teto, com os olhos quase fechados, meio que recordando alguma coisa triste. Tinha coisa estranha nessa história...

Corria pela cidade que o pai do Ladeira tinha sido o melhor goleiro do Rio, tão bom, mas tão bom, que um torcedor adversário deu nele um tiro na mão e ele nunca mais pôde agarrar. Daí o ódio do Ladeira pelo futebol.

Outros juravam que a noiva do professor tinha fugido com o massagista do Santos, havia muito tempo, em mil novecentos e Kafunga.

E mais outros garantiam que era só birra mesmo.

Mas um dia a turma ainda descobria aquele segredo! Nem que precisasse invadir a casa do professor. A famosa casa fantasma, na saída da cidade...

— Vocês querem entrar na escola a troco de quê? — o porteiro perguntou.

— Nós vamos na biblioteca, fazer uma pesquisa sobre a *Wuchereria bancrofti* — o Peruca falou, todo compenetrado.

— Bancrofti? — o porteiro fez uma careta. — Nunca vi nenhum filme com ela não. Nos tempos em que eu enxergava bem, eu gostava mesmo era da Gina Lollobrigida.

Os três caíram na gargalhada e foram pra biblioteca. Ficaram uns quinze segundos, só pra disfarçar, depois entraram discretamente na ala do primário.

— Para de tremer, Nina! — o Peruca reclamou, em frente à sala 108. — Já falei que você não precisa entrar. É só ficar aqui no corredor, tomando conta. Se aparecer alguém, você bate duas vezes na porta. Tá bom?

— Tá bom.

— Sem falta?

— Nem pênalti.

— Então vamos.

— Calma, que eu tô nervosa! E se chegar o Petrúcio, o que é que eu faço? E se o Tonho aparecer, onde é que eu enfio a cara?

— Esquenta não, trempe de fogão! É só ficar aí paradinha, e dar duas batidas na porta.

— Tá bom, tá bom. Vão logo, senão eu desisto!

Os dois entraram. Nina ficou. Olhou prum lado. Ninguém. Pro outro. Ninguém. Bom começo. Uma gota de suor pingou de sua testa. Lá no fim do corredor apareceu alguém. Droga. Era a faxineira. Olhou pra Nina com o canto do olho, mas não deu maior atenção. Ficou rindo pra parede enfeitada com desenhos do primário. O Tavinho e o Peruca rindo alto na 108. Vê se isso era hora de rir? Uma porta se abriu lá do outro lado. Logo quem? O professor Ladeira. Veio vindo, veio vindo, veio vindo, passou batido, *foi fondo, foi fondo, foi fondo*. Sorte que ele era novo na escola, não sabia da sala 108. Parece que não sacou nada. Outra gota de suor pingou da testa da Nina. A faxineira cansou de olhar os desenhos e foi embora. O Tavinho e o Peruca nada de saírem... O tempo passando. Tic. Tac. Tic. Tac. Plic. Ploc. O suor pingando. Plic. Ploc. Rá. Rá. O Peruca e o Tavinho rindo. Rá. Rá. Nhec! Nina abriu a porta e entrou correndo na 108.

— Ficou doida, sá? — o Peruca gritou. — Como é que você me sai do corredor?

— Cês tão demorando demais da conta! Encontraram a prova de História?

— Ela e todas as outras — o Tavinho mostrou um monte de folhas.

O Peruca tirou do bolso um papel todo dobrado.

— E eu ainda achei um troço aqui que você vai adorar...

— Que troço?

— Volta pro corredor, depois eu te mostro.

— Não, mostra logo! — Nina tentou tomar o papel.

O Peruca não deixou.

— Volta pro corredor. Quando a gente sair eu deixo você ver.

Nina morrendo de aflição.

— Pô, Peruca, você já pegou as provas, vamos embora!

— Calma, eu quero ver se acho algum documento contando o passado do Ladeira. Quero descobrir o mistério desse sujeito.

— Deixa pra outro dia, Peruca. Toda hora passa alguém no corredor.

O Tavinho olhou pro Peruca e os dois concordaram. Nina abriu a porta com um cuidado exagerado, como se fosse detonar uma bomba, e espiou pela fresta. O corredor estava vazio. Saíram os três, correndo nem tanto, mas meio muito.

No pátio, Nina olhou pro papel todo dobrado, na mão do Peruca.

— Agora deixa eu ver esse trem.

— Você acha que ela fez por merecer, Tavinho? — o Peruca perguntou, irônico.

— Acho que sim, Peruca, mas você é quem sabe.

— Por favor, gente, mostra pra mim!

O Peruca desdobrou o papel e Nina leu o título: *Descamisado*. Não entendeu.

— Uma redação de Português? E eu com isso?

— Olha só quem escreveu... — o Peruca mostrou o nome na parte de baixo da folha.

— Uai! — a Nina pasmou. — Tá assinado Áureo Valente!

Áureo Valente, todo mundo sabe, era o nome verdadeiro do Sabonete. O nome na vida irreal, dos cartórios. Porque na vida real, dos gramados, dos campos de futebol, ele se chamava mesmo era Sabonete. O Sabonete do Ferroviário e do Bangu. O Sabonete da seleção brasileira. O maior herói de Campos Gerais.

ESSAS COISAS DE ÍDOLO

Nina caiu sentada, desabada no chão. Uma redação do Sabonete! Falando de futebol! Releu duzentas vezes. Num banco do pátio. O Peruca foi embora, o Tavinho atrás, e ela não percebeu. A turma do segundo científico passou levantando poeira, na Educação Física, e ela não notou. O sol desceu e a tardinha foi se aconchegando, e ela nem deu notícia. O Tonho se sentou do seu lado e ficou meia hora, sem ela reparar.

Finalmente, o Tonho resolveu cutucar Nina com o cotovelo:

— O que é que você tanto chora com esse papel velho na mão?

Nina não conseguiu dizer nada, só estendeu pro Tonho o papel.

— Bonita redação — o Tonho comentou, sorrindo. — Quem diria, hem, o Sabonete?... Todo mundo achando que ele é ignorante de pai e mãe.

Nina fez que sim com a cabeça.

— Aposto que você vai correndo mostrar pra sua irmã, né?

Nina continuou fazendo que sim.

— Vai ser bom pra ela parar de te azucrinar. Não sei por que é que a Maria tanto odeia o Sabonete.

— Taí uma coisa que ninguém sabe — Nina murmurou, mais pro papel do que pro Tonho. — Um dia, sem mais nem menos, ela começou a falar mal do Sabonete e ninguém nunca descobriu o motivo. No fundo eu acho que ela detesta gente que faz sucesso, ainda mais o Sabonete.

— Por que ainda mais ele?

15

— Porque o Sabonete nasceu aqui em Campos Gerais, porque era um sujeito simplório, porque ficou famoso jogando futebol, porque foi pra seleção, porque nunca mais veio à cidade, porque ela acha ele um grosso e ignorante, porque as meninas da cidade são todas doidas com ele... Sei lá por quê.

O Tonho não disse mais nada. Sabia que o Sabonete era o ídolo da Nina, desde pequena, e que essas coisas de ídolo não têm jeito de explicar. Quando a gente tem um ídolo, é louco com ele e pronto.

Pegou a redação de novo, examinou bem o papel, torcendo a boca para a direita, como se quisesse beijar a própria bochecha.

— Onde é que você arranjou essa redação? Pelo jeito, foi escrita há bem uns dez anos.

Nina arrancou o papel da mão do Tonho e saiu correndo.

— Ô, maluca! Vê se não vai entrar em confusão, hem?

Mas Nina já estava longe, ao menos em pensamento. E foi correndo no meio da rua, driblando as bicicletas com a redação na mão, e mascando pensamento: tomara que o Tonho não tivesse desconfiado de nada!

Quanto mais perto chegava de casa, mais sentia o papel esquentando em seus dedos. A primeira coisa que ela ia fazer era esfregar a redação na cara da Maria. Pra irmã deixar de ser besta. Nunca mais desdenhar o Sabonete, nunca mais chamar seu ídolo de ignorante, despreparado, pé-rapado, zé-ninguém.

Na última briga das duas tinha saído até faísca. Maria ficou um tempão sem conversar com a irmã.

— Você vive andando com meninos da cidade, toda moleca, vê tudo quanto é jogo de futebol. Vai acabar malfalada...

Pra Maria, futebol não era coisa de mulher. Era coisa de macho, coisa de machucar, feito foice e machado.

Nina achava o contrário: que menina também gosta de dar tratos à bola. E, pra sua sorte, quase toda a cidade concordava.

Em Campos Gerais, gostar de futebol era questão de honra, de lógica e de vida ou morte. Imagine a festa na cidade quando um ex-centroavante do Ferrinho e do Bangu foi campeão brasileiro e convocado duas vezes pra seleção. Nome ao boi: Sabonete.

Mas a Maria do Mazinho não ria pra isso. A Maria tinha esse apelido porque trabalhava no Cartório do Mazinho. Pra tristeza dela, o cartório calhou e encalhou de ficar bem ao lado do campo do Bangu, logo o time de maior torcida e de mais rimas desagradáveis.

As amigas da Maria achavam que ela estava ficando meio biruta da cabeça. Se fossem elas, iam achar o máximo deslizar o dia inteiro olhando as coxas dos jogadores, cada rapagão vistoso pra dedéu. Mas a Maria, bonitona e sofisticada feito ela só, não queria saber de futeboleiro. Raça ruim, só servia pra dar trabalho, atrapalhar o serviço do cartório.

Pra piorar, parecia que tudo quanto é pé torto do mundo jogava no Bangu, de tanta bola que caía do lado de cá do muro. A Maria nem desconfiava que os atletas queriam era puxar papo com ela, olhar pros olhos amendoados, pro cabelão castanho, pro nariz meio empinado.

— Deus me livre! Toda hora eu tenho que parar no meio o que tô fazendo e ir correndo devolver a bola, senão o plantel inteiro pula o muro e invade o cartório, com aqueles cheiros e palavras requintadas...

Isso quando não vinha a torcida junto, que eta povo fanático! A Maria ficava a ponto de ficar doida.

Dia de jogo, então, era um tal de todo mundo querer casar só pra ficar assistindo ao jogo sem pagar, pela janela dos fundos... Se o jogo era às duas, tinha casamento às duas, duas e meia, três e três e meia. Depois acabavam por encanto as vontades de casar. Até a próxima rodada.

Mas o que mais irritava a Maria era o tanto que a irmã gostava do Sabonete, Deus me livre.

— Aqui nessa cidade infeliz — ela gritou pra Nina, no dia da briga —, Sabonete é nome de tudo, nunca vi: rua Áureo Valente, praça Áureo Valente, estádio Áureo Valente. Sem falar no beco do Sabonete. E o vovô Mazinho, que fundou a cidade e o cartório? Ele não é nem nome de esquina!

— O Sabonete não tem culpa de ser craque — Nina choramingou.

— Ah, isso é demais pro meu estômago. Não esperaram nem o diabo morrer primeiro pra inventarem as homenagens... Esses capiaus não têm nada melhor pra fazer que ficar festejando aquele ignorante?

Aí a Nina virou um descontrole.

— O Sabonete não é ignorante não, sua burra!

— Ah, eu é que sou burra? Quem é que passa a vida enchendo um cofre ridículo com entrevista e foto daquele buscapé-rapado?

— O que é que tem de mais? Tem tanta gente que coleciona foto de artista, gente que cola na parede pôster do galã da novela.

— Bem melhor do que guardar foto daquele jacu-do-mato. O diabo mal sabe assinar o nome!

— Mentira sua, bandida!

— Verdade verdadeira. Outro dia ele foi ao cartório, testemunhar um casamento, e na hora de assinar o nome, fez um rabisco torto. Quando fui ler, não dava pra entender *uma* letra. Chamei ele no canto e perguntei o que era aquilo, ele deu um risinho safado e disse que era autógrafo.

Nina deu uma gargalhada.

— Tá vendo, Maria! Ele é espirituoso. Né burro nada!

— Olha, menina. Aquele ali pode ser bom de bola, bonitão, atlético. Mas no fundo é um *analfabético*, isso é o que ele é.

— Pois eu acho que você tá é despeitada. Aposto que o Sabonete escreve melhor que você!

— Não fala besteira, Nina. Eu não tô contando desse dia no cartório? Foi logo antes de ele ir embora pra São Paulo, eu não esqueço por nada desse mundo...

— Cê tá é com implicância. Só porque suas amigas são doidas com ele. Diz que a Cristina já até deu uns agarros nele, no Carnaval.

— Grandes coisas. Cê acha que tá me contando novidade? A Cristina é assim mesmo... Saidinha, gosta de ir às partes. Já namorou o time inteiro do Bangu, inclusive o roupeiro e o técnico. Por mim ela pode até casar com o Sabonete. Só que na hora de assinar os papéis ele vai ter que botar é o dedão...

Nina gritou pra frente e tentou acertar a Maria com um tabefe, mas ela escapuliu pro quarto e *tabum* na porta. Desde esse dia, as duas pararam de conversar.

Mas agora não, agora a Maria ia ter que ler a redação do Sabonete. Melhor ainda, Nina ia emoldurar a redação, com vidro e tudo, e pendurar na sala de visitas, pra todo mundo ver...

Depois, quando fosse a São Paulo, ia descer até o gramado e mostrar a redação para o Sabonete. Tinha certeza de que ele ia adorar. Quem sabe até daria de presente uma camisa autografada? Ô, trem bão!

Entrou em casa e foi direto pro quarto da irmã. Bateu na porta, esperou, a Maria não abriu. A redação até escorregava em sua mão suada. Bateu de novo, com mais vontade.

— Maria! Maria!

Maria estranhou, porque fazia mais ou menos quinhentos e quarenta e poucos dias que as duas não trocavam uma palavra. Mas a irmã tanto insistiu que ela abriu a porta. Nina deu um sorriso orgulhoso e mostrou o papel com a redação. Mas, antes que falasse qualquer coisa, a Maria resmungou:

— Aquele seu amigo, o Tavinho, ligou pra cá, chorando feito bebê. Acho bom você ligar pra ele, boa coisa não aconteceu.

Nina deduziu na hora: o Petrúcio descobriu tudo! Levou a mão assustada à testa e a redação caiu no chão.

TAVINHO DO CÉU

— N<small>INA</small>, cê não imagina o azar... — o Tavinho fungou do outro lado do telefone.
— O Petrúcio descobriu?
— Não... não sei... acho que não... ainda não.
— Explica direito, sô! O que que aconteceu de tão grave?
— É o Peruca. Ele deixou a caderneta da escola cair na 108.
— Nem brinca!
— Diz ele que a caderneta tava no bolso de trás, e agora ele não acha nem por decreto. Só pode ter caído na 108.

Nina desesperou: ia ser suspensa, expulsa, enxotada, daí pra cima. Um vento forte atravessou a casa e bateu as portas.
— Tavinho do céu, e agora? Eu não posso ser expulsa!
— Nem eu, uai! Mas calma. Quem tá perigando é o Peruca. Ele e eu. Pode ficar tranquila, que você tá limpa. Não queria ir, o Peruca é que insistiu.
— Você também insistiu, Tavinho.
— Eu não. Por mim a gente ia só eu e ele. Mas o Peruca queria uma menina, pra disfarçar, e cê sabe como é, eu não gosto de discutir...

Nina já ia xingando o Tavinho de maria vai com as outras, mas lembrou que ela também tinha caído na lábia do Peruca.
— Bom, agora não interessa de quem foi a culpa... E se a gente voltasse à escola pra pegar a caderneta?
— Eu falei isso pro Peruca e ele só faltou me matar. É aquela velha história: o criminoso não pode voltar ao local do crime.

— Vira essa boca pra lá, Tavinho! A gente não cometeu crime nenhum! Crime é o Ladeira dar uma prova daquelas.

— É mesmo. Crime contra a história de Campos Gerais! Atentado contra o patrimônio cultural!

Os dois riram um tantinho, mas era de nervoso. O Tavinho já tinha roído metade das unhas. Nina, a outra metade.

— Pena que ninguém vai concordar com a gente... — Nina bufou, chateada. — Agora é torcer pra ninguém encontrar essa disgrama de caderneta.

— É...

— É...

Desligaram. Nina mais branca que bola nova. De repente, ela se lembrou da redação do Sabonete, que tinha caído no chão. Cadê? No corredor não estava, no quarto também não, na sala muito menos, na cozinha noves fora. Revirou a casa inteira. Até dentro do criado, como se redação de Português abrisse gaveta sozinha. Não achou. Que porcaria, onde é que ela podia estar? Bateu na porta da Maria.

— Cê viu uma redação que eu trouxe da escola?

A Maria deu um risinho de pouco caso.

— Eu lá sei de redação sua... O que que ele tinha?

— Ele quem?

— O Tavinho.

— Ihhh, depois eu te conto... Cadê minha redação?

— Ele ainda estava chorando?

— Maria, pelo amor de Deus, a redação!

— Eu não vi redação nenhuma, menina. Prestenção nas suas coisas!

Nina se lembrou do vento que tinha batido as portas. Será que tinha carregado a redação? Saiu destrambelhada pro quintal, caçou no canteiro, na horta, na plantação de jiló. Nada. A redação do Sabonete não existia mais.

O QUE É HISTÓRIA

O DIA apagou, mas a Nina não conseguiu apagar. Ô diazinho mais gol contra! Nunca tinha visto tanto azar junto! Primeiro o Peruca perde a caderneta. Depois a redação some. Sua chance de calar a boca da Maria e ganhar uma camisa autografada do Sabonete...

Ai, como é que ela tinha aceitado entrar numa loucura daquelas? Se soubesse que ia ficar tão angustiada assim, não topava nem morta. Só morta! Será que ia passar o resto da vida se sentindo culpada? Será que ia morrer sentindo culpa? Será que ia conseguir dormir? Será que a culpa ia caber no sono dela? Parecia que o pai e a mãe iam ler aquela culpa no ar, em cima da sua cabeça. Estava na cara...

— Se eu pudesse eu parava de gostar de futebol nesse minuto! — chiou, sozinha.

Mas isso era impossível: a fãzice da Nina com o futebol vinha desde o parto. O pai era ferroviário de profissão, time e paixão. Mas a Nina foi puxar à mãe, torcedora do Bangu. Camisa listrada de branco e preto, ou preto e branco, como a zebra, os penitenciários e o coração da mãe aos domingos. O coração da Nina também se listrou.

— Ô ô ô, o Bangu é um terror...

Mas, depois, alguma coisa aconteceu. O céu entrou pelos seus olhos, o mar pela boca, o anil pela pele, não sei. Tinha cinco anos de idade e, quando notou, não era mais Bangu. Era Ferroviário.

O coração azul-marinho, a torcida do outro lado do campo, adversária da sua mãe:

— Ô, mãe, você fica muito triste se eu for Ferroviário?

A voz disse que não, a porta, batendo, gritou que sim.

Mas fazer o quê? Paixão de futebol é igual a qualquer paixão: ela é que escolhe a gente. Nina não tinha culpa: ficou Ferroviário pra sempre.

De vez em quando o Peruca vinha atazanar sua paciência, cantando uma musiquinha cretina:

O Ferrinho enferrujou
Virou cinza a blusa azul
Abra os olhos, torcedor
Mude logo pro Bangu...

Mudar de time? Nina jamais faria uma coisa dessas. Aquela ali era Ferrinho até o fim. Até debaixo de chuva, até de baixo astral, até lá detrás do gol, até em pé na geral, até em torcida inimiga, até no meio da briga, até com o time reserva, até quando o time enerva, até perdendo de cinco, até perdendo o domingo, até se estava dormindo, até se estava doída, até morta e enterrada, até sua alma penada, até nada, até...

Nina só abria uma exceção: torcia pro time mirim do Bangu desde o dia em que o Tonho foi chamado pra jogar lá. Seu impulso era torcer contra, mas, quando via o Tonho em campo, acabava engolindo a raiva e torcia a favor. Com um detalhe: passava o jogo inteiro olhando só pra bola e pros pés dos jogadores. Porque se visse aquela camisa listrada, que tirou tantos títulos do Ferrinho, era capaz de sair xingando o Tonho e o time todo! Mas o Tonho merecia aquela exceção: Nina tinha certeza de que ele ia ser o próximo Sabonete, o próximo craque de Campos Gerais a emplacar no Brasil inteiro. Só faltava ficar mais malandro.

Nina apertou o travesseiro na cabeça: não era hora de pensar em malandragem. O maior malandro da turma, o Peruca, tinha se metido numa encrenca da boa. Levando a Nina e o Tavinho junto. Não: era hora de dormir, que no dia seguinte a escola ia pegar fogo...

Acordou antes de o dia clarear. Pura aflição. Quase falou pra mãe que estava doente, pra não ter que ir à escola. Mas ficar em casa também não dava. Precisava saber se tinham encontrado mesmo a caderneta.

O professor Ladeira entrou mal-humorado, como sempre. Buscou no bolso da calça um pente flamengo preto e ajeitou o cabelo branco, sempre impecavelmente cortado. Tinha passado dos setenta, mas ainda mantinha a elegância.

— Quem me conta alguma novidade deste país?

— Eu conto, professor — o Peruca falou, serelepe. — Uma grande notícia: sábado que vem, o Bangu Mirim joga contra o Noturno, e o nosso Tonho tá escalado. Dá-lhe, Tonho!

Nina olhou pasma pro Peruca. Como é que o bandido podia agir como se não houvesse nada errado? Logo ele, que tinha perdido a caderneta? Será que ele não sentia um pinguinho de remorso? Nem uma gota de culpa?

O Ladeira fechou a cara e deu um soco na mesa.

— Futebol? Você vem me falar de futebol?!!!

Depois ficou olhando pras paredes, pro teto, pras teias de aranha. Era sempre assim quando surgia o assunto futebol. Ninguém sabia o que ele pensava naqueles momentos, mas que devia ser coisa triste, isso com certeza!

— Garoto, quando eu peço novidades do país, eu quero notícias, quero fatos, quero História! História não tem nada a ver com futebol, com carnaval, com festival, com o escambau. Acho bom vocês aprenderem logo o que é História, porque comigo não vai ter moleza não. Esperem só até minha prova. Eu já avisei: não vai ter nenhuma pergunta sobre futebol...

— Ai que medo... — o Peruca cochichou pra Nina, todo zombador. — Se ele soubesse que a gente roubou a prova, não ficava aí dando uma de mau...

Nina aproveitou e perguntou baixinho, pro Tonho não ouvir:

— E o negócio da caderneta? Eu tô morrendo de medo...

O Peruca nem teve tempo de responder, porque a porta se abriu e o Petrúcio entrou, mais bigodudo do que nunca.

— Licença, seu Ladeira.

— Toda.

— Eu trago um assunto deveras desagradável...

A turma toda fez oooh! Nina quase se enfiou debaixo da carteira. O Tavinho, o Tavinho, coitado do Tavinho... Ficou vermelho, sem lugar, feito atacante pilhado em impedimento. Olhou pra Cida com o canto do olho, rezando para ela não descobrir que ele tinha feito bobagem.

O Tavinho era apaixonado pela Cida desde o primário, mas nem conversar com ela o infeliz conseguia. O coração disparava e fazia tremer a língua e o corpo todo. Ele tentava imitar o jeito do Peruca, abusado e falador, mas não era bom disso não. Então ficava só no olho, mesmo. Muito de vez em quando, pegava a Cida espiando de volta, e ficava alegre uma semana inteira. Mas dessa vez a Cida só olhava pra frente, assustada.

O único da turma que não entrou em parafuso foi o Peruca: esse fez que não era com ele, cruzou as pernas, batucou na carteira, assoviou uma musiquinha de propaganda.

O Petrúcio encheu o peito de importância e anunciou:

— Ontem à tarde, um elemento não identificado penetrou no recinto onde ficam estocadas as provas bimestrais.

Ouviu-se pela sala um murmurinho, mais de vinte vozes sussurrando: a 108, a 108, a sala 108...

Petrúcio fez que não escutou.

— Não vou divulgar a localização do referido recinto, visto que se trata de segredo estratégico deste estabelecimento.

O Peruca começou a rir das palavras compridas que o Petrúcio estava catando.

— Paralelepípedo — cochichou pra Nina. — Sesquicentenário... Inconstitucionalissimamente...

O Petrúcio conhecia o Peruca, sabia que não adiantava discutir com aquele ali. Fez que não ouviu e continuou o sermão.

— Sintetizando, professor: o local foi invadido e de lá foi subtraído um exemplar de cada prova... inclusive da de História.

— É o caos! — o Ladeira rugiu, indignado.

O Petrúcio lançou um olhar lastimoso e continuou:

— Se alguém tiver conhecimento de algum acontecimento que possa contribuir para desvendarmos esse crime, que procure a diretoria o quanto antes. Se até sexta-feira não descobrirmos o culpado, o diretor vai suspender a turma inteira! Ouviram bem?

E saiu. A sala mais muda do que torcida que levou gol. Ninguém arriscava olhar pra ninguém.

— Você sabe de alguma coisa? — o Tonho perguntou pra Nina, muito sério.

— Nã... não — Nina gaguejou.

— Tem certeza? E a redação do Sabonete, de onde veio?

— Parem de fuxicar, vocês dois aí no fundo! — o Ladeira interrompeu. — Não quero mais uma palavra!

Pela primeira vez na vida, Nina deu graças a Deus pela braveza do professor. E ficou calada até bater o sinal.

Mal o Ladeira saiu, o Banana correu até a frente da sala:

— Nós estamos carecas de saber quem roubou essas provas.

— Não tamos não — o Peruca zombou. — Eu, por exemplo, não tô nem um pouco careca. Você confundiu o meu apelido...

— Deixa de cinismo, Peruca! Se a turma for levar ferro por causa das suas palhaçadas, eu juro que boto a boca no mundo. Vou dedurar, mas vou dedurar mesmo!

Nina suando frio, querendo falar alguma coisa pra acalmar o Banana, mas sem saber o quê.

O Peruca fez assim com a mão, pra ela ficar tranquila.

— Dedura nada. O Banana é fogo de palha. Daqui a pouco ele acalma. Você acha que ele ia ter coragem de sacanear a gente?

— Sei não — a Nina cochichou de volta. — Se o negócio esquentar, acho que ele fala.

— Ô, se fala! — o Tavinho concordou. — Nós tamos ferrados!

— Vê se o diretor vai suspender a turma inteira por causa dessas provas? Jamé da Silva — o Peruca desdenhou. — O Petrúcio tá é fazendo pressão pra ver se algum de nós fica com medo e dedura. Podem escrever: o único jeito de descobrirem quem foi é encontrarem minha caderneta. E pelo jeito não encontraram. Sem a caderneta, eles não têm prova nenhuma!

Incrível o sangue-frio do Peruca. Não desafinava nunca. Subiu na cadeira e falou, cheio de si e dó-ré-mi-fá:

— Eu garanto que ninguém vai ser punido nessa história. É só todo mundo ficar de bico calado. Ouviram bem?

O Banana apontou um dedo ameaçador pro Peruca, soltou duzentos palavrões e saiu da sala.

— Com esse aí a gente não precisa se preocupar — o Peruca garantiu. — É igual no futebol: a natureza marca...

Mas a Nina não tinha tanta certeza assim. Até a natureza costuma se distrair na marcação. Pois não apareciam na cidade, de vez em quando, uns bezerros de duas cabeças, umas galinhas de três pernas, até um gato verde apareceu? Pois então!

Juntou os cadernos e voltou pra casa suando mais que alemão no Maracanã.

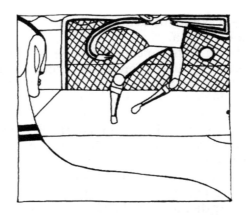

RUIM DA CABEÇA, DOENTE DO PÉ

Nina perdeu o almoço. Já tinha perdido a fome. Não via saída praquela confusão, estava na marca do pênalti.

— Filha, o que é que você tem? — a mãe bateu a porta.

— Nada não.

— Alguma coisa eu sei que é. Tô vendo na sua cara. É algum namoradinho?

— Que é isso, mãe?

— É por causa do Ferrinho? Se for isso, filha, não esquenta não. Logo vocês arrumam um técnico decente e o Ferrinho melhora de novo.

— Não zomba não, mãe. A decisão do campeonato municipal já é na semana que vem, vai dar Bangu de novo. O Ferrinho não ganha nunca...

— Que é isso, filha? Ano passado vocês quase ganharam. Lembra?

Ô, se lembrava. O Ferrinho tinha arranjado um goleiro esquisito, cheio de catimbas e superstições. Plantou um trevo atrás da trave, pra ver se travava as bolas, pra ver se trazia sorte. E, no início, não é que o troço deu certo? Nenhuma bola entrava, todas paravam na trave. Até que, na final, contra o Bangu, apareceu um ponta muito atrevido e gritou: "Não acredito em truques".

Não acreditava mesmo. Soltou quatro torpedos e marcou quatro golaços, um pra cada folha do tal trevo do goleiro.

Nina suspirou fundo:

— Mas não é isso que está me chateando também não.

— Então o que é, filha? É alguma coisa da escola? O professor novo de História? Aquele sujeito não pode ser boa gente, não gosta de futebol...

— É ruim da cabeça ou doente do pé. Igual à Maria, né, mãe?

— Não! A Maria é diferente. Ela tem os motivos dela. Já esse Ladeira veio não sei de onde e quer mudar a vida da cidade. Se você quiser, eu e seu pai vamos à casa dele pra conversar.

— Na casa do Ladeira, mãe? Não sabe que ele tá morando na casa mal-assombrada, na saída da cidade?

— Então pode ser na escola mesmo... — a mãe arrepiou.

— Mãe, eu juro que não é nada com o Ladeira.

— Então o que é, Nina?

— Não posso falar. Deixa pra lá.

Como contar do roubo das provas? Como dizer que fez aquilo só pra conseguir passar em História e poder viajar pra São Paulo? Pra ver o Sabonete jogando e conversar com ele?

— Tenta ficar mais animada, filha. Pensa na viagem pra São Paulo, com seu pai. Você tá estudando direitinho?

Nina olhou pra parede e não respondeu. Saltou da cama, olhou mais uma vez em todas as gavetas, revirou as estantes, prateleiras, armários, buraco por buraco: se pelo menos achasse a redação, a confusão ia ter valido a pena.

— Para de falar dessa redação, menina! — a Maria não parava de infernizar. — Que morrinha!

"Deixa...", Nina pensou. "Ela ainda vai queimar a língua."

NA MARCA DO PÊNALTI

No dia seguinte, na hora do recreio, as meninas resolveram que estavam cansadas de assistir: naquele dia elas é que iam jogar bola. Os meninos saíram da quadra, sem muita discussão, e sentaram em volta, pra morrer de rir. Só quatro pessoas não riam. A Nina e o Tavinho, encucados com o embondo das provas. O Tonho, que balançava a cabeça pra Nina, com cara de decepção. E o Banana, insistindo que ia dedurar o Peruca.

— Hoje é quinta, hem, Peruca! Você trata de resolver esse caso até amanhã, senão...

Mas o Peruca não estava nem aí pras ameaças. Sem o menor constrangimento, corria por toda a quadra, atrás das meninas, fazendo dobradinha de repórter e locutor.

— Esta é a rádio Antena Zero, transmitindo o futebol feminino, com exclusividade, para toda Campos Geraisss!

E forçava o S até não poder mais.

— Senhoras e senhores, principalmente senhores, nunca vi coisa mais chata do que jogo de mulher. Nunca acontece gol. Partida sem gol é mais sem graça que arco-íris preto e branco. Mais sem graça que Ferrari em ponto morto. Mais sem sal que comida em lata. Mais parada que foto de catarata... E atenção: as meninas já anunciaram a tática para o jogo de hoje. Atacar em bololô, defender em tererê...

Os meninos morrendo de rir, as meninas querendo bater no repórter. Ele notou que era hora de mudar de assunto.

— E agora, caros ouvintes, vamos perguntar ao professor Ladeira aquilo que toda a cidade sonha em saber: professor, por que o senhor odeia tanto o futebol?

Em seguida deu um passo pro lado, curvou as costas, ajeitou o cabelo pra trás, feito o professor sempre fazia, e ficou olhando pra cima, com o ar mais nostálgico do mundo. Depois respondeu com a voz anasalada do Ladeira:

— Olha, repórter Peruca, eu tenho que confessar: tem muita gente maldosa por aí, insinuando que eu não amo o futebol porque, na verdade, o futebol nunca me amou. Devem suspeitar que eu fui uma daquelas crianças que, só de tocar na bola, a atira imediatamente contra sua própria rede, ou — se dá sorte — passa a bola para o adversário, quando não a joga para bem longe do campo, além das cercas e grades, perdida em porões, riachos, ou afogada, entre vários sabores, na carrocinha do sorveteiro... E vou dizer uma coisa ao repórter: nunca houve uma suspeita mais justa. Eu sempre fui um perna de pau, um pereba, um cabeça de bagre. É por isso que eu odeio futebol. É por isso que a minha prova não tem nenhuma questão sobre futebol! Nenhuminha, podem espernear à vontade!

E a turma esperneou mesmo, só que de tanto rir.

— Sensacional essa imitação, Peruca — a Cida comentou, dengosa.

— Que é isso? São os seus ouvidos... — o Peruca respondeu, meio besouro, meio gozador.

— Eu tô falando sério — a Cida ficou vermelha. — De onde é que você tirou esse palavreado?

— Da minha cabeça, ora!

— Deixa de ser mentiroso!

— Olha, Cidinha, eu vou te contar um segredo: eu li num livro do meu irmão. Se você quiser, passa lá em casa que eu te mostro...

O Tavinho tava no alto da escada e não gostou daquela conversa mole da Cida com o Peruca. Mas aguentou quieto.

— Mais uma pergunta ao professor — o Peruca continuou. — Por que é que o senhor quis morar logo na casa mal-assombrada?

E, voltando a imitar a voz do Ladeira:

— Ora, seu atrevido. Eu lá sou homem de ter medo de fantasma? Eles é que têm medo de mim. Buuuu...

O Peruca sabia que o público já estava em suas mãos. Então, pra manter o ibope, puxou a Cida pelo braço, estendeu o estojo de plástico, que fazia as vezes de microfone, e pediu uma entrevista exclusiva. O Tavinho olhou enfezado lá do alto, achando que a Cida estava realmente dando bola pro Peruca.

— Cida, com o patrocínio do professor Ladeira, aquele que é uma toupeira, responda a uma curiosidade de todos os cidadãos do município: as mulheres jogam bola igual aos homens?

— Ah, é claro que sim, Peruca.

— De cueca e tudo?...

A escola inteira capotou de rir da Cidinha. E ela, vendo que tinha feito papel de palhaça, apelou:

— Não vou dar mais entrevista nenhuma! Você é machista, estúpido e mal-educado!

— Mas pelo menos eu posso matar a bola no peito... — o Peruca respondeu, na canela.

Nessa hora o Tavinho desceu a escadaria correndo, como se tivesse perdido o freio, ou a razão. Parecia que finalmente ele ia enfrentar o Peruca, e defender sua querida Cida.

Mas não: passou direto por ela, pelo Peruca, e só parou na Nina. Cochichou alguma coisa no ouvido da amiga e apontou pro alto da escada. Nina tremeu: o Petrúcio e o diretor estavam lá em cima, lado a lado, com cara de carrascos. Giravam o pescoço devagarinho pra cá e pra lá, sincronizados, feito dois tanques de guerra prestes a atacar. E o ataque não demorou.

— Atenção, alunos: o doutor Fabiano, ilustríssimo diretor da escola, tem um anúncio importante a fazer! — o Petrúcio bradou.

O diretor limpou a garganta:

— Vocês já estão a par dos graves delitos que ocorreram nesta escola. Ontem o disciplinário Petrúcio deixou claras as medidas que a escola vai tomar, se não descobrirmos o responsável pelo roubo das provas. Como ninguém me procurou até agora, decidi vir pessoalmente para confirmar: suspensão para a turma inteira! Inteira!

Todo mundo evitou olhar pro Peruca, pra não dar na cara. Mas não é que o danado resolveu chamar a atenção assim mesmo? Catou de novo o microfone improvisado e disparou a toda altura:

— Suspensão pra Deus e o mundo! É o que ameaça o ilustríssimo, digníssimo, nem por íssimo, doutor Fabiano... Informou Peruca, o repórter que põe a mão na cumbuca. Com exclusividade para os ouvintíssimos da rádio Antena Zero!

O diretor e o Petrúcio deram meia-volta e saíram batendo o pé. A meninada olhando boquiaberta a petulância do Peruca.

— Só fazendo *antidoping* nesse moleque...

PADRE AMÂNCIO, EU QUERO ME CONFESSAR

— Eu queria fazer uma confissão.
— Pois não, pode ir pro confessionário que o padre Amâncio já vem.
O padre chega logo, nem dá tempo de desistir.
— Nossa, já, padre Amâncio? É que... eu quero me confessar.
O padre sorri com serenidade:
— É claro, é claro. Quando é que você se confessou pela última vez?
— Tem pouco tempo, padre. Mas é que eu fiz uma coisa muito errada.
— É mesmo? Quer me dizer o que foi?
— Eu feri um dos dez mandamentos, padre. Eu roubei.
— Roubou? É um pecado grave, sem sombra de dúvida.
— Eu sei, padre Amâncio... Eu sei...
— E o que foi que você roubou?
— É... uma coisa... Não posso contar.
— Pode sim, é claro que pode.
— É que, se descobrirem, padre, vai dar uma confusão que o senhor nem imagina...
— O que é isso? — o padre falou, ofendido. — O que eu escuto neste confessionário, aqui fica... Você tem a minha palavra... Ora, não chore, não precisa chorar... Será que é tão grave assim?

— É sim, padre Amâncio. Estou morrendo de arrependimento.

— Calma, calma. Não fique assim. Afinal de contas, você ainda é muito jovem. Não é incomum cometermos ações erradas na adolescência. Eu mesmo, quando tinha a sua idade, cometi um pecado mais grave que o seu.

— É mesmo, padre? Mas o senhor? O que foi que o senhor fez?...

— Eu roubei a Bíblia da minha avó... Ora, pare de rir! Pare de rir, que isso é coisa séria!

— Desculpa, desculpa. É que eu nunca imaginei alguém roubando uma Bíblia... Que coisa, hem, padre?

— Nem me diga. Até hoje eu tenho vergonha. Ainda mais que era uma Bíblia enorme. O único lugar que eu arranjei pra esconder a danada foi dentro do travesseiro. Passei a faca no pano, voou pena pra todo lado, e enfiei a Bíblia lá dentro. Dormia com a cabeça em cima daquela coisa dura, com medo de a vovó descobrir. Cansei de ter torcicolo... Ora, já mandei parar com esse risinho! Que desrespeito!

— Perdão, padre. Eu estou rindo é de tensão. Estou com medo de descobrirem meu pecado. O senhor jura que não vai contar pra ninguém?

— É claro. Tudo o que eu escuto aqui é confidencial.

— Mas então, padre, o que é que eu faço agora?

— Se você me permite um conselho, devolva o que você roubou.

— Devolver? Não. Isso eu não posso fazer. Agora não...

— Infelizmente, este é o único conselho que eu posso dar.

— Deixe eu perguntar uma coisa, padre. O senhor devolveu a Bíblia pra sua avó?

— Eu... é... quer dizer... Reze três ave-marias e três padrenossos. Eu te perdoo, em nome do pai, do filho e do espírito-santo.

A SALA DO DIRETOR NÃO TINHA FIM

Sexta de manhã. O Petrúcio veio chegando pelo corredor e um vento gelado atravessou a sala. O bigode entrou orgulhoso:
— Quero anunciar que a escola já tem um suspeito do roubo.
O silêncio estremeceu a turma.
— Xiii, aposto que encontraram a caderneta do Peruca... — o Tavinho soprou no ouvido da Nina.
Mas o Petrúcio olhou não foi pro Peruca. Virou a cabeça pro outro lado da sala:
— Nina, faça o obséquio de me acompanhar.
— Eu? — Nina congelou.
— Você mesma! — o bigode confirmou, escondendo um sorriso. A turma toda se entreolhando sem acreditar.
— A Nina?
— Mas a Nina?
— Como assim!
— Deve ser algum engano...
O Petrúcio bateu duas palmas, pro povo se calar.
— Engano coisíssima nenhuma. Estamos muito bem informados. Faça o obséquio de me acompanhar, mocinha!
Nina seguiu o disciplinário, com o passo incerto, feito jogador em campo encharcado.
O Petrúcio deu duas batidas rápidas na porta do diretor, com o nó dos dedos, depois entrou. Era a primeira vez que a Nina entra-

va ali, e levou um susto. A sala era enorme, parecia que não tinha fim. Sentiu um clima de filme policial. Ao lado da mesa, o guarda-chuva encapuzado parecia uma espingarda apontada pra sua testa. E, na parede, os quadros dos ex-diretores pareciam um júri carrancudo condenando o seu crime.

Mas o diretor não sacou um 38 do bolso, não apagou todas as luzes, não chamou quatro comparsas, não soltou uma baforada de charuto na cara da Nina. Apenas sorriu.

— Nina...

— Pois não, doutor — Nina soprou, assustada.

— Uma aluna como você sempre foi um orgulho para a escola... Uma aluna como você está acima de qualquer suspeita.

— Sei.

— Veja bem, Nina. Seu avô fundou o cartório da cidade. Seu pai é pessoa respeitada em toda a região. A escola conhece o seu passado e sabe que você não arriscaria, de maneira tão ingênua, a reputação de honestidade da sua família.

Nina percebeu a chegada do "mas".

— Mas... eu acabo de receber uma informação segura de que você está envolvida neste lamentável episódio...

Nina engoliu em seco. Num segundo, lembrou toda a aventura da terça-feira. O porteiro que viu os três chegando. A faxineira olhando os desenhos na parede. O Ladeira passando pelo corredor. Qual deles seria o dedo-duro?

— Sinto muito — o diretor prosseguiu. — Se dependesse de mim, eu jamais chamaria você, para pedir esclarecimentos. Mas, depois do que eu ouvi, não me resta outra alternativa.

Agora não tinha saída. O jeito era se entregar, confessar, pedir perdão, clemência, piedade.

— É, seu Fabiano, o senhor me pegou...

Ou não? Quem sabe o melhor seria negar tudo?

— ... o senhor me pegou de surpresa. Não sei de nada sobre o assunto...

Fechou a boca e ficou parada, olhando os retratos na parede.

O diretor se remexeu na cadeira, encabulado com o impasse.

— Escute, Nina, a escola não deseja que nada de mais drástico aconteça a você e aos seus. Mas...

— Alguém me viu lá? É isso que disseram ao senhor?

— Não posso entrar em detalhes... O depoimento é estritamente confidencial.

— Mas como é que vocês podem ter certeza? Eu estava só passando pelo corredor.

— Veja bem, Nina: esse depoimento foi dado por uma pessoa de extrema confiança. O melhor que você tem a fazer é assumir a culpa e pedir perdão à escola. Prometo que, dados os seus antecedentes, a punição não será pesada.

— Sinto muito — Nina falou com a voz trêmula. — Não vou confessar uma coisa que eu não fiz!

O diretor se levantou, impaciente, e apontou para a porta.

— Bem, por ora você está dispensada.

O Peruca, o Tavinho, o Tonho e a Cida aguardavam Nina no corredor. Nos olhos de cada um, um misto de curiosidade e preocupação.

— E aí, você vai ser suspensa? — um perguntou.

— Vai ser expulsa? — outro emendou.

— O que vai acontecer?

— Conta, conta logo!

Cada um espremia mais a coitada contra a parede.

— Vamos parar com isso, gente! — o Tonho empurrou os outros pra longe. — Deixa a Nina falar sossegada.

Nina estava borocoxô, mas gostou de ver o Tonho partir em sua defesa. Esse era amigo de verdade!

— Tá tudo bem — Nina respondeu. — Ninguém tá correndo perigo. Só eu. Acho que alguém me viu no corredor e dedurou...

— Quem faria uma coisa dessas? — a Cida não acreditou.

Ninguém tinha ideia.

— Pode ficar tranquila, Nina — o Peruca sorriu, folgado. — Ninguém tem prova nenhuma contra você.

— Tomara... — ela respondeu, sem muita convicção. — Mas mesmo se provarem, eu levo o vermelho sozinho. Ninguém precisa ficar preocupado.

Nina tentava se mostrar firme diante dos amigos. A turma nem percebeu que, no fundo, ela estava com muito medo. De ser expulsa da escola, é claro. E, pior ainda, medo de que o pai não quisesse mais levá-la a São Paulo, pra ver o Sabonete.

Na hora do recreio, a situação complicou. O diretor foi procurá-la pessoalmente:

— Acabo de mostrar uma foto sua para o porteiro. Perguntei se ele se lembrava de você entrando na escola, na tarde de terça. E ele se lembrou sim. Disse que viu você entrando, com dois colegas. Dois colegas... O que você me diz sobre isso?

— Nada. O que é que eu podia dizer?

— O nome dos dois, Nina. Eles não foram identificados... ainda. Quem sabe, se você nos contasse quem são, poderia aliviar seu problema? A escola pode até mesmo perdoar o seu delito...

— Eu não estou aqui pra entregar ninguém! — Nina se arrepiou. — O porteiro que diga quem são os dois!

— Infelizmente, ele é portador de miopia avançada. Teve dificuldade até mesmo para reconhecer sua foto. Não conseguiria identificar seus dois colegas sem a ajuda de uma fotografia. Mas ele garante que eram três pessoas, e que vocês estavam indo à biblioteca, para fazer uma pesquisa sobre uma atriz de cinema.

Nina riu baixinho, lembrando da *Wuchereria bancrofti*.

— Você está achando graça? — o diretor encrencou.

— Desculpa, eu estava rindo de outra coisa...

— É uma pena, só posso dizer isso. Pois saiba que a escola esperava sinceramente a sua colaboração.

Nina respirou fundo.

— Realmente, doutor, dois colegas vieram comigo fazer uma pesquisa, mas foram embora na mesma hora. Não vejo por que dizer ao senhor o nome deles. Não sou dedo-duro.

O diretor não desistia:

— Talvez você precise refletir um pouco. Eu dou até segunda para você me trazer novidades. Senão, serei obrigado a agir.

— O senhor é quem sabe...

— Outra coisa, Nina. Diante da gravidade da situação, eu me senti na obrigação de relatar o acontecido à sua família...

E assim, num piscar de olhos, lá se ia a viagem pra São Paulo. Lá se ia o Sabonete...

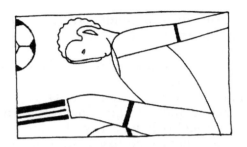

O AUTODRIBLE

A TURMA, no pátio, aguardava notícias.
— Será que a Nina vai ser expulsa? — o Tavinho roía as unhas, desensofrido. — Será que a gente vai ser expulso, Peruca?
— Já falei que não, Tavinho! Que saco! — o Peruca apelou. — Esquece essa história, vamos jogar bola!
Antes de a bola rolar, Nina desceu, cabisbaixa. Todos correram para cima dela.
— E então?
— O porteiro reconheceu minha foto, mas não identificou os outros dois. Mas podem ficar frios. Eu já disse que não vou dedurar ninguém.
— Eu sei, Nina — o Tavinho até suava. — Mas e se encontrarem a caderneta do Peruca? A cidade inteira sabe que tô sempre com ele. Se acharem a caderneta, eu levo ferro também...
Foi aí que o Peruca deu um tapinha na testa e comentou com a cara mais limpa do mundo:
— Ah, Tavinho, esqueci de contar: eu já achei a caderneta... Tava dentro do meu caderno. Olha que coisa engraçada!
Parecia que o Tavinho ia cair na risada, como sempre. Mas dessa vez não, seu olho começou a encher d'água, encher d'água. E veio um choro sentido, daqueles de arquear o corpo, um choro de mágoa e decepção.
— Pô, Peruca, custava me falar? Eu morrendo de preocupação, perdendo sono por causa dessa caderneta, e você nem ao menos me conta que já tinha encontrado?
O Peruca não acreditou: era a primeira vez que o Tavinho reagia.
— Ô, Tavinho, larga de ser bebê chorão. Eu não lembrei...
— Você nunca lembra! — o Tavinho contra-atacou em cima.

O resto da turma de bico calado, pra ver aquele trem no que ia dar. Estava caindo um invicto. A Cida olhou admirada pro Tavinho, ele não viu.

— Essa pelada é pra hoje ou pra amanhã? — o Peruca chamou, fingindo que estava tudo normal.

Mas alguma coisa estava diferente. Ô, se estava! Quem não conhecesse, ia achar que o craque da turma era o Tavinho. Isso mesmo! Porque naquele dia foi o Tavinho quem deu *show*.

Não que normalmente ele fosse ruim de bola. Isso também não. Mas era muito inseguro. Vivia tentando fazer bonito pro Peruca, ou então pra Cida.

Dessa vez foi diferente. No início, alguns acharam que o Tavinho só estava jogando bem porque o Tonho não estava nos seus melhores dias. Mas a verdade é que o Tavinho arrebentou mesmo com o jogo! A cada minuto ia melhorando, como se estivesse aprendendo tudo ali mesmo no campo.

Não tinha muita técnica. A perna direita só servia pra tomar bonde, como dizia o padre Amâncio. Driblava e chutava sempre com a esquerda. O que ninguém imaginava é que ali se escondesse uma canhota tão certeira. Pela primeira vez o Tavinho jogou com a cabeça: armou o time, soprou as jogadas, enxergou os espaços, e, pra completar, acertou cada canhotaça...

A Cida aplaudia que só ela. Dessa vez o Tavinho viu. Viu e mandou uma piscadela. A Cida piscou de volta. Ele. Ela. Ele. Ela. Uma tabelinha só de olhares.

Foi lá pelo final da pelada que aconteceu o grande lance: o Tavinho recebeu a bola na meia-lua e, antes de o Peruca chegar, pisou na bola com o pé direito, depois com o esquerdo, deu uma pirueta completa em cima da bola, feito um bailarino, e, quando o povo reparou, já estava ele lá na frente, com bola e tudo, cara a cara com o goleiro. Ninguém conseguiu impedir a jogada porque, na verdade, parecia que o Tavinho driblava era ele mesmo. E foi um negócio tão engraçado, tão absurdo, que todo mundo parou, os dois times, e começaram a rir, rir muito, rir de sentar no chão.

Foi a Nina quem deu pela coisa:

— Tavinho, você acabou de inventar o autodrible!

Nina estava certa. Quando encarou o Peruca, dentro e fora do campo, o Tavinho estava derrotando seu adversário mais antigo: sua eterna insegurança.

Nina ficou matutando que também precisava inventar um drible espetacular, feito o do Tavinho, pra ver se resolvia a confusão em que tinha se metido. Porque senão segunda-feira era cartão vermelho na escola.

— Ai, meu Deus, eu dava tudo pra descobrir o excomungado que me dedurou pro diretor...

PADRE AMÂNCIO, SOU EU DE NOVO...

— Padre Amâncio, sou eu de novo...
— Estou percebendo... — o padre respondeu com um quê de ironia.
— Padre, o que o senhor acha dos dedos-duros?
— Ahn?! — o padre estranhou. — Por que esta pergunta?
— Primeiro me responde, padre: o que o senhor acha dos dedos-duros?
— É... bem... em princípio, acho que delatar os outros é um ato condenável. Mas eu não gosto de generalizar. Agora me explique, por favor: por que esta preocupação repentina?
— Nada não... É que... deixa pra lá.
— Agora fala!
— É que... eu estava pensando, padre. Você já reparou que quem faz uma confissão é, no fundo, um dedo-duro?
— Como assim?
— É, padre, pensa bem. Confessar é dedurar você mesmo. Pra Deus.
— Ora, ora, que tolice! Deus é onisciente, ele vê tudo, ele sabe de tudo.
— Se ele sabe de tudo, então pra que confessar?
— Essa é fácil: você precisa confessar para se aliviar da culpa e, mais, receber a penitência devida.
— Sei...

— Mas, afinal, você veio aqui se confessar ou o quê? Algum pecado novo?

— Não, padre, é o mesmo assunto da outra vez. Aquele troço que eu roubei, lembra? O senhor até me aconselhou devolver...

— Se lembro! Acabei eu também fazendo uma confissão; a Bíblia da minha avó...

— Pois é sobre isso que eu queria perguntar uma coisa.

— Fique à vontade. Sou todo ouvidos.

— Mas o senhor tem que ser absolutamente sincero.

— Ora, que atrevimento! Ser sincero é o meu dever!

— Desculpa... O senhor não devolveu a Bíblia pra sua avó, devolveu?

— É... eu tenho que admitir que não.

— Nem contou do roubo pra ela?

— De jeito nenhum. Fiquei com medo dela nunca mais me desculpar. Se eu confessasse o roubo, levava uma surra de correia, ou pior, de vara verde...

— Pois então, padre. O meu caso é muito parecido. Se eu contar a verdade, só vou piorar as coisas...

— Às vezes a verdade dói. É o preço que temos de pagar. Mas meu conselho já foi dado. Dizer a verdade é sempre o melhor caminho. Parodiando o velho ditado: faça o que eu digo, não faça o que eu fiz...

INTERVALO

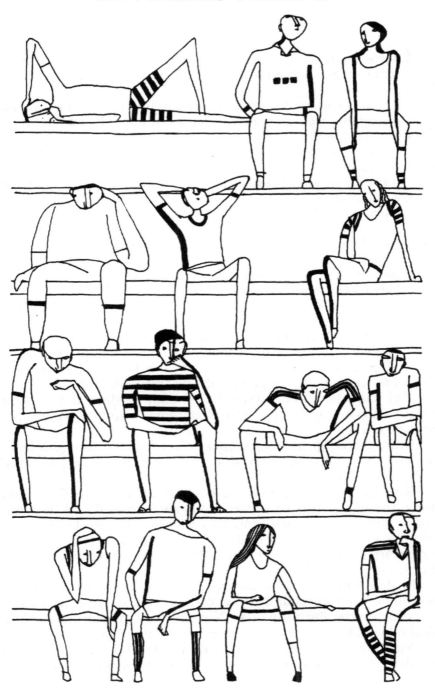

DEPOIS de tanta confusão, Nina foi dormir encasquetada. E não demorou meio tempo pra ter um sonho esquisito, com o Tonho...

Lá vem a bola maluca e bate em sua nuca, e na canela e no ombro, engana até sua sombra, depois quica e dá um baque: o Tonho não era mais craque...

Lá vem a bola de novo, é a alegria do povo! Desce pegando efeito, o Tonho mata no peito, tenta acertá-la na veia, mas ela está muito cheia, ele se assusta, amedronta, quase que faz um gol contra. A torcida bate palma e o Tonho quase se acalma, mas é pro Tavinho o aplauso. Uai, o Tonho tá descalço?

A bola vem pelo ar, Tonho ainda tenta alcançar, só que ela muda de ideia e o dribla e toda a plateia rola de rir de seu furo. No chão, o Tonho cai duro.

Depois de alguns momentos, ele faz um juramento:

— Agora eu pego essa bola, mesmo que seja de sola!

Sai correndo em disparada até alcançar a danada. E dela não sobra nada: do couro ele faz um touro, do ar faz um furacão e então sai, feito um estouro, correndo... na contramão!

— Cuidado, Tonho, cruz-credo! — Nina acordou aos gritos.

Ufa, graças a Deus era sonho! Graças a Deus era sábado! Já estava precisando de um pouquinho de tranquilidade.

Mal imaginava que, no fim de semana, a cidade ia assistir a tantos fatos estranhos que a história tomaria um novo e inesperado rumo.

Era o dia do grande jogo entre o Noturno e o Bangu Mirim, time do Tonho. E a Nina acordou disposta a ficar rouca de tanto torcer pro amigo.

Nina idolatrava o Tonho, na escola e no futebol. Não do jeito que o Tavinho imitava e obedecia o Peruca antes do dia do autodrible. Não, a Nina com o Tonho era diferente. O que ela tinha era admiração pelo amigo. O Tonho era o primeiro da sala em todas as matérias: sabia resolver equações tão bem quanto dar o nome da capital do Paquistão.

Mas nem precisava o Tonho ser aquilo tudo. Podia ser um desses sujeitos que cospem na mãe, pisam no cachorro e fazem xixi de porta aberta. Porque o que a Nina gostava mesmo era de ver o Tonho jogando bola. Vai jogar bem assim lá no Maracanã!

Nina adorava também os pais do Tonho. O pai, seu Píter, era um desses europeus robustos, que tinha dado ao filho altura, fortura e aventura. Trabalhava de fiscal na rede, entre Campos Gerais e outras cidades do ali-perto. Nina achava o máximo aquele sujeito viajado, esperto, sorrideiro feito o filho.

A mãe, dona Ofélia, era uma negra de olhar muito vivo, que trabalhava na farmácia e ainda tinha tempo de ser o melhor fogão da cidade. Todo dia no almoço fazia cada bife assim, pro filho ficar ainda mais parrudo.

— Não é à toa que o Tonho virou artilheiro — Nina sempre repetia. — Centroavante com faro de gol e inteligência no pé.

E que classe! Não enfeitava, não gostava de aparecer. Cada drible tinha o tamanho certo, como se o futebol fosse uma coisa matemática.

Aos sábados, dava ainda mais inveja. No meio do jogo, dona Ofélia sempre aparecia na janela e gritava:

— Tonho, que carne cê quer?

O Tonho nem parava o drible, continuava o pique e respondia educado:

— Qualquer carne, mãe!

Nina sentia que estava ali a diferença entre a craqueza do Tonho e o futebolzinho feijão com arroz que o resto da turma jogava...

O sol estava alto, a peladinha prestes a começar. Nina desceu a rua satisfeita, tentando não pensar em escola, prova, diretor, professor, nada. Só queria aproveitar a delícia de assistir de novo ao mesmo jogo, com o mesmo povo, as mesmas brigas e risadas.

Mas logo percebeu que não ia ser assim: o Tonho estava irreconhecível com a bola nos pés.

— Ontem, no recreio, o Tonho não repetiu suas melhores atuações — o Peruca zombou, usando o futebolês dos locutores de rádio.

— Mas agora, Nina, ele virou um cabeça de bagre!

Tinha razão, o Peruca. O Tonho tremia de nervoso, perdia as bolas mais bestas, não acertava o gol, chutava pênalti pra fora, não dava lençol, drible da vaca, nada.

— Engraçado — a Nina comentou —, ontem eu achei que o Tonho tava se poupando pro jogo de hoje à noite, contra o Noturno...

Mas agora, vendo o amigo correndo bisonhamente pelo campo, tirou a única conclusão possível: o Tonho tinha desaprendido a jogar futebol!

— Vou conversar com ele — a Nina decidiu. — Preciso saber o que foi que aconteceu pra ele mudar tão de repente.

Mas o Tonho não queria saber de conversa.

Quando a bola caiu no rio e o Tavinho foi buscar, a Nina chamou o Peruca na lateral.

— Eu não consigo entender, Peruca. O Tonho tem tudo na vida, como é que fica assim de repente?

O Peruca olhou sério pra amiga.

— Pois é, Nina. Mas acho que eu sei o motivo...

E saiu contando coisas que ele sabia, a cidade toda sabia, menos a Nina: nem tudo era tão perfeito assim na vida do Tonho. Tinha uma coisa ruim que o pessoal tinha descoberto sobre o pai dele. O seu Píter, na verdade, era um sujeito muito do cruel. Na linha de ferro, onde trabalhava de fiscal, ele fazia um tanto de safadeza com o povo da cidade. Dava cada multa de doer, não deixava o pessoal andar nem um quilômetro sem comprar passagem, xingava, humilhava, expulsava do trem. E olha que ele sabia muito bem que o povo não tinha dinheiro pra pagar.

Às vezes o seu Píter via que alguém não tinha pago, mas não multava na hora, não, deixava passar três, quatro, até cinco estações, só pra pessoa pagar a multa mais cara.

Nina arregalou os olhos:

— Como é que você nunca me contou isso?

O Peruca ficou vermelho.

— É que eu sei da sua queda pelo Tonho...

— Já falei que não tenho queda nenhuma! — ela gritou. — É só admiração...

O Peruca não retrucou.

— Será que alguém já contou isso tudo pro Tonho? — Nina sussurrou.

— Não sei. Eu nunca comentei com ele.

— É claro, pra não magoar o coitado.

— Pra falar a verdade, Nina, não é só por isso, não. É também para eu sentir que tenho uma vantagem sobre ele, sobre o menino prodígio, o garoto exemplar, o Rei da Pelada. Esse segredo, pra mim, é feito um tipo de compensação, uma revanche. Sabe, eu sempre tentei aprender com o Tonho, imitar o jeito dele tocar na bola, driblar três com uma gingada só do corpo, enganar o zagueiro prum lado e correr pro outro, chutar de trivela, bico e efeito. Mas neca, nunca passei de um lateralzinho recuado.

Nina só escutando.

— Muitas vezes, no meio de um jogo, quando o time do Tonho tá ganhando de balaiada, me vem aquela vontade de contar tudo pra ele, só pra descontar os gols. Mas não tenho coragem. Outras vezes, quando ele tá no meu time, eu morro de medo de o Banana perder a esportiva e dedurar tudo. Por sorte, sempre aparece o rosto tranquilo da dona Ofélia na janela pra acalmar a situação: Tonho, que carne cê quer?

— Será que agora o Tonho descobriu a verdade sobre o seu Píter? — Nina pensou em voz alta. — Será que é por isso que ele está assim?

O Tavinho voltou e quicou a bola duzentas vezes no chão, pra ver se ela secava. O jogo recomeçou e o Tonho continuou na mesma, distraído, lerdo, pesadão. Pra culminar, o Último — que era horroroso no tal do futebol — chegou a aplicar um lençol humilhante no Tonho. Daqueles de mandar pra casa.

Nina não sabia mais o que pensar. O Tonho era um menino tão especial, tão destacado no meio da turma e agora estava assim enfeitiçado.

Foi bem no meio da pelada que aconteceu: a dona Ofélia apareceu na janela, como fazia sempre.

— Tonho, que carne cê quer?

Ele ficou calado.

— Tonho, que carne cê quer?

Nada.

— Tonho, que carne...

O Tonho não deixou a frase terminar. Parou de correr, encheu o peito e berrou um berro desesperado:

— Que diabo, mãe! Todo dia pergunta que carne cê quer, que carne cê quer, e nunca tem carne nenhuma!!!

O jogo parou na mesma hora, bateu um vento, a bola sumiu, caiu no vizinho, sei lá.

O Tonho sentou na terra, abraçou o joelho e começou a chorar. De soluço.

Silêncio no largo, ninguém se atrevia a falar. Um foi buscar a bola, outros dois foram arrumar a trave que estava torta, mais dois foram beber água...

Só aí que a Nina foi reparar: a chuteira do Tonho tinha um buracão desse tamanho no bico e o cadarço era um barbante desfiado. E o pai era um ordinário, e a mãe não fazia carne nenhuma.

O Tonho abriu o portão e entrou em casa, calado.

— E agora? — a Nina perguntou. — Como é que o Tonho vai jogar hoje à noite, contra o Noturno?

O Peruca balançou os ombros, sem saber responder.

— Coitado, é o jogo mais importante da vida dele.

A pelada acabou, o dia passou. Nina apertava os olhos com força, para ver se não via a noite cair. Mas, quando chegou a hora, ela saiu de casa e caminhou até a porta do Bangu, de onde saía o ônibus pra Rio Escuro.

O nome oficial do time adversário era Brasil de Rio Escuro. Mas o povo colocou esse apelido, Noturno, porque eles só jogavam à noite. E o diabo do apelido pegou, dum jeito que só pega apelido sacana.

O campo, de nome Lua Nova, era escuro que só vocês vendo, quer dizer, que só vocês não vendo. Na negridão daquele campo de terra, ninguém enxergava grandes coisas, muito menos coisas pequenas. Quando davam sorte, os jogadores viam a bola, que era branca.

E também se viam os dentes do Pé-de-Ferro, alvíssimos, sempre sorrindo maliciosos. O Pé era o médio-volante do Noturno, sujeito enorme pra cima e pros lados; devia beirar uns cento e tantos quilos.

Os adversários tremiam todos só de ouvir aquele nome: Pé-de-Ferro, Pé-de-Ferro... É que a lógica dos apelidos da região sempre implicava algum tipo de metáfora. O Peruca era cabeludo, o Banana era o ponta-esquerda de pernas tortas, o Tavinho era o oitavo filho do seu Felisberto, o Último só entendia as piadas depois que todo o mundo já tinha parado de rir.

Por isso, mesmo sem nunca terem ouvido falar em metáfora, os adversários tinham manha de sobra pra concluir que aquele Pé-de-Ferro ali não era nenhum sujeito de perna mecânica, e sim um meio-campista com um chute poderosíssimo.

Mal o Pé entrava no gramado de terra, o goleiro do outro time já sentia um cheiro doído de bolada na testa, no peito e em outras partes menos altas.

E lá estava o Tonho: meião, chuteira, calção, e a camisa listrada, com escudo do Bangu. Era pra ficar imponente, mas, perto do Pé-de-Ferro, o Tonho ficou desse tamaniquinho assim. Tremia que nem vara verde, nem sabia mais ficar em pé, com medo dos petardos daquele Pé-de-Ferro. Na arquibancada, Nina, Tavinho e Peruca tremeram de solidariedade.

Mal sabiam que o Pé era ruim de bola feito o capeta é ruim de voo. Era um pereba, um perna de pau. Aquele apelido, na verdade, não tinha nada a ver com nenhum chute venenoso, poderoso, nenhum *oso*. O negócio era outro: pelo que o povo conta, o Pé-de-Ferro era um cabra muito ruim. Perverso que ele era. Todo jogo, entrava em campo com um pedaço de cano escondido no meião e, na escuridão, corria atrás dos atacantes dando paulada de ferro na batata da perna dos coitados. Fora de brincadeira...

Os atacantes sentiam aquela fincada e saíam pulando de dor:

— Ordinário, cavalo, sem-vergonha! Cê tá dando pancada por trás!

— Né não — explicava o Pé, muito cínico. — É o bico da chuteira.

— Ah, bão! — os coitados se conformavam.

Como ninguém enxergava nada, não podiam provar que o Pé-de-Ferro estava dando cacetada na maldade. E ninguém tinha coragem de caçar encrenca com o brutamontes.

Depois da manhã trágica, Nina não tinha esperança de que o Tonho fizesse papel bonito no jogo. Mas não imaginava que o desastre fosse tão grande: só no primeiro tempo, Noturno cinco a zero. Quando o juiz apitou, Nina não sabia se sentia pena ou vergonha do papelão do Tonho. O Peruca e o Tavinho não queriam nem ficar pro segundo tempo.

Lá embaixo, o Tonho saiu arrasado de campo, olhando pro chão, como se nem tivesse dado pela presença dos amigos na arquibancada. Mas bem na entrada do vestiário ele parou, olhou pra cima e pediu que os três se aproximassem:

— Gente, tem uma coisa muito séria que eu preciso contar pra vocês.

Nina logo imaginou que fosse a história das maldades do seu Píter, ou das carnes inexistentes da dona Ofélia. Já ia dizendo ao Tonho que não precisava contar nada não, que a turma gostava dele de qualquer jeito, que amigo é pra essas horas...

Mas a conversa do Tonho era outra:

— Sabe o dia em que o diretor pediu que quem tivesse alguma informação sobre o roubo das provas contasse pra ele?

É claro que os meninos sabiam.

— Pois é. Naquele dia, depois da aula, eu fui à sala do diretor e contei pra ele uma coisa...

— Que coisa? — Nina já foi estranhando.

— Contei que eu encontrei você no pátio da escola, com aquela redação misteriosa do Sabonete. Achei tão esquisito aquilo... Um papel amarelado, todo amassado, tirado sei lá de onde. Eu não tive coragem de esconder do diretor.

O Tonho ia falando devagar, sem levantar os olhos. E a Nina olhava fixo pra ele, espantada.

— Eu sei que eu não devia ter feito isso — o Tonho continuou baixinho. — Eu nem sabia se a redação tinha alguma coisa a ver com o sumiço das provas. Mas o seu Fabiano logo saiu falando "quem rouba um tostão, rouba um milhão!".

— Então... então foi você quem dedurou a Nina? — o Tavinho não acreditava. — A gente desconfiava do Banana, do Ladeira, sei lá... Mas você! Como é que você faz uma coisa dessas?... Não vê que a Nina pode ser expulsa por sua causa?

— E meu pai não vai mais me levar pra encontrar o Sabonete! O Tonho levantou a cabeça, os olhos cheinhos de lágrimas.

— Desculpa, Nina. Eu sei que é imperdoável. Mas sempre que eu tentava perguntar alguma coisa, você escapulia, mudava de assunto, não falava nem que sim nem que não. Eu achei que era a minha obrigação contar o que eu sabia pro diretor. Eu não queria prejudicar ninguém, só queria falar a verdade... Droga, eu e essa mania de fazer tudo certinho! Se é pra ficar tão arrependido, eu nunca mais quero ser um "garoto exemplar"...

— Agora é tarde demais pra se arrepender — o Peruca atacou.

— Antes de sair da diretoria eu já estava arrependido. E o sentimento de culpa só foi aumentando. Piorava cada vez que eu olhava pra Nina. Eu tô dum jeito que mal consigo dormir. Não paro de pensar nisso. Vocês estão vendo, nem jogar bola eu consigo mais... Por isso é que eu precisava confessar. Pedir desculpas. Se vocês quiserem, não precisam nunca mais olhar pra minha cara.

Deu meia-volta, como se fosse entrar no vestiário. Mas não entrou. Ficou ali parado, na porta, de costas pros amigos. E eles também continuaram quietos, um tempão, olhando um pra cara do outro, conversando em silêncio.

Em silêncio. Silêncio. Si...

— Liga não, Tonho — a Nina foi a primeira que falou. — Até os craques têm direito de pisar na bola, de vez em quando...

O Peruca chegou pelo outro lado:

— Se eu pudesse te estrangulava aqui mesmo, viu? — falou, debochado. — Só não vou fazer isso porque você tem que voltar pro campo e triturar esse timeco do Noturno.

O Tonho deu um risinho e balançou a cabeça.

— Vou fazer o possível...

O Tavinho chegou até o ouvido do Tonho e cochichou mais alguma coisa. O Tonho se animou.

— Grande ideia, Tavinho!

— O que foi que ele falou? — o Peruca quis saber.

— É segredo! — o Tavinho ralhou. — Espera só pra você ver.

E ficaram ali os quatro, num abraço apertado, um por todos e todos por um, até o juiz apitar, lá no meio do campo. O segundo tempo ia começar.

— Vai lá, Tonho! — a Nina falou, engasgada. — Dá uma lição nesse Pé-de-Ferro!

O Tonho sacudiu a poeira, abriu um sorriso desse tamanho e pisou de volta no campo, com o pé direito. Estava pronto pra virada.

Os meninos descobriram o padre Amâncio no alto da arquibancada e foram assistir ao segundo tempo com ele. Diziam na cidade que o padre era pé-quente.

Lá embaixo, os jogadores do Bangu retornaram pra campo, minguantes. Estranharam o ânimo do Tonho: o que que era aquela tranquilidade toda?

— Deixa comigo, 'xa comigo... — o Tonho desconversou.

A noite escura feito piche velho. O Pé, que já tinha acertado com o ferro um por um os banguenses, zombava sem parar com a cara do Tonho.

— Só falta você, pirralho!

No escuro, não percebeu que o Tonho não tremia mais.

Juiz apitou, bola rolou. Na arquibancada, o Tavinho ria baixinho. No campo, o Pé-de-Ferro provocava o Tonho:

— Só falta você! Só você!

E Tonho fingindo que não escutava.

Tiro de meta. O Tonho recebeu a bola na ponta direita, driblou um, dois, três e partiu pro gol.

Os meninos se entreolharam, entusiasmados: parecia outra pessoa, era o Tonho craque outra vez. Mas a alegria durou pouco: lá vinha o Pé-de-Ferro em disparada, espumando atrás do Tonho.

— Cuidado, Tonho! — o padre Amâncio gritou.

O Pé foi chegando, foi chegando. Quando estava a menos de um metro, abaixou o braço direito, enfiou a mão por dentro do meião e puxou o tal pedaço de ferro.

A Nina nem quis olhar.

O Pé-de-Ferro preparou, apontou, fogou:

— Aaaaaiiiii! — o grito atravessou o estádio.

Todo mundo ficou com dó do Tonho: no mínimo tinha quebrado a perna em quatro.

Só que não era o Tonho quem estava esgoelando "desgramado, desgramado" pela escuridão afora. Por incrível que pareça, era o gigante Pé-de-Ferro!

Pois quem viu a cena conta (até jura de pé junto) que o que sucedeu foi o seguinte: quando o Tonho notou o Pé-de-Ferro chegando, subiu em cima da bola com o pé direito, depois com o esquerdo, deu meia-volta no ar, num autodrible perfeito, bem na hora em que ia levar a pancada.

O Pé-de-Ferro, desnorteado com aquele drible absurdo, tropeçou nas próprias pernas, perdeu o equilíbrio e saiu catando cavaco pela linha de fundo, até bater em cheio no poste que tentava iluminar o campo. A barra de ferro bateu com violência na caixa de luz, arrebentou a tampa e, ainda presa aos dedos do grandalhão, foi se enganchar no meio dos fios.

O cano de ferro soltou faísca pra todo lado. O gigante levou um baita dum choque, seu cabelo pulou para cima, os olhos se arregalaram, a boca jorrou meio litro de cuspe assustado. E ele saiu disparado portão afora, deixando para trás um rastro alumiado, feito um pavio de dinamite.

Dizem que naquele dia o estádio do Noturno ficou até mais claro, de tantos dentes que riam na arquibancada. Mas quem mais ria era mesmo o Tavinho. Seu plano tinha dado certo: usar o autodrible contra o Pé-de-Ferro.

Dali pra frente, não preciso nem dizer que o jogo foi outro. O time do Noturno, sem o gigante em campo, entrou em parafuso, e o Tonho foi tirando, gol por gol, a desvantagem do placar. Cada pintura que ninguém acreditava. Gol de bicicleta, gol de letra, gol de calcanhar, gol de peixinho, gol de peixão, gogol (gol de gogó) e tudo o mais.

— Ê, padre, o senhor é pé-quente mesmo, hem? — a Nina comentou, feliz da vida.

— Que nada! Pé-quente é o Tonho. Esse moleque joga bola demais da conta! Sabe quem que ele me lembra? O Friedenreich.

— Filho de quem? — Nina não entendeu.

— Friedenreich. Artur Friedenreich. Um dos maiores craques que este país já viu jogar. Lá pela década de 1920. Ele fez mais gols do que o Pelé.

— Ô, padre, mentir é pecado... — o Peruca zombou.

— Mas é verdade! Ele fez mais de mil e trezentos gols. O Friedenreich era igual ao Tonho: filho dum alemão com uma lavadeira negra. Mulato bonitão, de olhos verdes. Foi ele quem inventou o modo brasileiro de jogar. O sujeito rompeu com os manuais ingleses: ele ou o diabo que se metia pela planta do seu pé...

— Diabo, padre Amâncio? Credo!

— É só jeito de falar... O Friedenreich levou pro estádio dos brancos a irreverência dos rapazes cor de café que se divertiam nos subúrbios disputando uma bola de trapos.

E o Tonho, Friedenreich de Campos Gerais, foi acabando com o jogo. No apito final, o placar marcava 7 a 5 pro Bangu Mirim. O Tonho saiu de campo carregado, no ombro do Tavinho, feito um herói de guerra.

A turma já estava quase na rua quando ouviram o alto-falante esgoelando, eufórico:

— E atenção, senhoras e senhores! Respeitável público! Acabamos de receber uma fantástica notícia: o grande craque da região, Áureo "Sabonete" Valente, acaba de informar que vai voltar a Campos Gerais pela primeira vez desde que foi jogar fora. O grande acontecimento será domingo que vem, na grande final Bangu e Ferroviário.

Nina começou a pular feito doida, o povo até pensou que ela também tivesse levado um choque, feito o Pé-de-Ferro. E ainda vibrava quando entrou em casa.

— Você tá esquisita... — a Maria comentou, espantada, quando a irmã entrou em casa. — Que bicho te mordeu?

— Futebol!

SEGUNDO TEMPO

OS CIDADÃOS DECENTES

Naquela noite não deu outra: Nina sonhou de novo com futebol...

O Banana passa a bola pro Tavinho, que dá bola para a Cida, na torcida, que olha, toda torcida, o Peruca na meia-lua, e ele inteiro na lua, pensando no jeito da Maria, que está sem jeito de tanto encarar o Sabonete. Uma quadrilha só.

Distraída com tanta jogada de olho, Nina nem consegue antenar na partida. Mas vê que o Tonho está jogando com o uniforme da seleção. E corre como num clássico Bangu × Ferroviário. Disputa todas as bolas, pula sem-pulo, voa de peixinho, dá gaúcha mineira. Às vezes seu rosto vira o do Sabonete, depois volta a ser Tonho. A torcida grita: "Tonho, seleção, Tonho, seleção!".

De repente, Nina está no meio do campo, jogando com os meninos. E, mais que de repente, ela levanta a perna e tenta passar uma rasteira no Tonho. Não consegue. A torcida: "Tonho, seleção!". Então Nina se entorta pro lado, pega no meião um cano de ferro e acerta as costas do amigo. Tonho desaba no chão, de uma vez só. O estádio fica mudo.

Nina olha encolhida pro juiz, que encara de volta, com um olhar fulminante. É o Ladeira, vestido de fantasma! Ele dá uma risada de filme de terror e puxa do bolso o cartão vermelho.

— Aaai!!! — Nina acordou num pulo. — Tá doido, sô! Que sonho mais esquisito! Até a Maria estava no meio do futebol. E ainda por cima jogando charme pro Sabonete!

Era domingo. Só faltava um dia pra sua expulsão da escola. Dessa ela não escapava nem com a ajuda de Deus... Mas, por via das dúvidas, não custava dar uma passadinha na igreja.

— Tá boa, canoa? — o Peruca cumprimentou, na praça da igreja. — Ou tá com medo de amanhã? De ser expulsa?

— Claro. E o pior é que eu não consigo imaginar uma saída.

— Se você entregar a gente, eu e o Tavinho, você escapa.

— Isso eu não faço.

O Peruca enfiou a mão na cabeleira e coçou a cabeça:

— Droga, Nina! Eu e o Tavinho metemos você na enrascada, o Tonho te dedura, e só você que leva ferro.

Nina arregalou os olhos:

— Uai, Peruca. O que é que deu em você? Sentindo remorso a essa altura do campeonato?

— O campeonato já tá no fim, né? Eu não quero que minha amigona fique na repescagem...

Nina deu um abraço no Peruca.

— Deixa pra lá. Eu já me acostumei com a ideia. Pensa só: eu tenho 12 anos e estou desengonçada de culpa. Se for assim toda vez que eu fizer alguma coisa errada, vou acabar maluca.

— Falou e disse! — o Peruca deu um risinho maroto. — Parece até que fui eu que falei e disse!... Vou te confessar uma coisa, Nina: eu só sinto culpa dos pecados que eu não consegui cometer.

Nina olhou desconfiada.

— Essa frase você leu nalgum lugar!

— Ahn?

— Confessa!

— Tá bom... eu li num livro do meu irmão... Pra falar a verdade, eu nem tenho idade pra cometer tanto pecado assim.

Nina deu uma gargalhada.

— Ô, Peruca, só você mesmo pra me fazer rir numa hora dessas... Mas sabe que você tá certo? O diretor pode me suspender, me expulsar, pode até me dar uma surra de palmatória, se é que isso ainda existe. Eu não tô nem aí, agora só quero que a semana passe logo, pro Sabonete chegar.

De repente, os dois ouviram uma gritaria no coreto da praça.

— Alá, Peruca! Tem um maluco gritando sozinho... e tá xingando o Sabonete!

— Gente, quem será? Quem que ia xingar o Sabonete?

— Só se for o...

É claro: o professor Ladeira! Quem mais poderia ser?

— É uma vergonha essa homenagem ao Sabonete! — ele esbravejava. — Vê se um jogador é herói digno pra uma cidade... Os cidadãos decentes não podem aceitar isso!

Nessa hora a Maria apareceu e também subiu no coreto:

— Esse Sabonete não devia nunca mais voltar à cidade, ele é um bestalhão analfabeto!

Quando viu a irmã na praça, gritou ainda mais alto.

— Esse povo só sabe falar do Sabonete: craque da cidade, orgulho da cidade, herói da cidade, símbolo da cidade. Vai acabar prefeito da cidade, e aí é que eu quero ver!

Nina balançou a cabeça, chateada, e a Maria aproveitou pra chatear mais ainda:

— Nunca vi uma cidade feito essa! Até as flores da praça têm forma de bola! A gente não pode dar um passo sem topar com um campo de grama, terra, areia, cimento! E a torcida, então, nem é bom falar: se tiver que tratar de todos os torcedores doentes, o prefeito vai ter que abrir o maior hospital do Brasil!

O padre Amâncio abriu a porta da igreja e fez cara feia pros dois manifestantes.

— Oi, padre, como vai o senhor? — a Nina se aproximou.

— Na santa paz de Deus. Apesar dos absurdos que estão gritando contra o pobre do Sabonete...

— São só dois gatos-pingados — a Nina desprezou. — O Sabonete continua sendo o maior ídolo da cidade.

— Deus queira que sim — o padre resmungou de volta. — Mas esses dois aí podem criar confusão na cidade...

— Será, padre? — o Peruca enroscou o dedo no cabelo.

— Com certeza... Mas calma, acabei de ter uma ideia: daqui a pouco, na missa, eu vou falar justamente sobre o Sabonete. Quem sabe eu ajudo a acabar com esse problema? Espero vocês dois lá!

Nem precisava pedir. Nina iria à igreja de qualquer maneira. Tinha dois pedidos especiais pra fazer a Deus: escapar da expulsão e encontrar o Sabonete pessoalmente.

— Padre Amâncio, no jogo Bangu e Ferroviário o senhor vai torcer pra quem? — o Peruca provocou.

— Meu filho, quando jogam os dois times de Campos Gerais, eu torço para a bola. Para o bom futebol. Que vença o melhor. Padre não pode ter time.

O Peruca chegou no ouvido da Nina e sussurrou:

— Mentira! Todo mundo sabe que o padre é Bangu doente...

O padre Amâncio tinha ouvido afiado e escutou de raspão.

— O que foi que você disse aí, moleque?

E o Peruca, com a cachimônia de sempre, inventou assim:

— Eu estava tendo um diálogo aqui com a Nina. Sabe o que significa diálogo? Di = dois. Álogo = entre amigos...

Nina gostou da piada, soltou aquela gargalhada, e o padre, dessa vez, não conseguiu encontrar resposta.

— Você me pegou no contrapé — o padre admitiu. — Agora ficou um a um. Estamos empatados.

— Mas fica esperto, padre, que eu vou ganhar a negra...

O BOM FILHO

— Um homem tinha dois filhos — padre Amâncio começou, passeando os olhos firmes pela igreja. — O mais novo disse ao pai: "Pai, dá-me a parte dos bens que me corresponde". E o pai repartiu os bens entre os dois. Poucos dias depois, o filho mais novo, juntando tudo, partiu para uma terra longínqua e por lá esbanjou tudo quanto possuía. Tendo gasto tudo, houve grande fome nesse país e ele começou a passar privações. Caindo em si, ele disse: "Quantos jornaleiros de meu pai têm pão em abundância e eu, aqui, morro de fome! Levantar-me-ei e irei ter com meu pai e dir-lhe-ei: 'Pai, pequei contra o céu e contra ti, já não sou digno de ser chamado teu filho, trata-me como um dos teus jornaleiros'". E, levantando-se, foi ter com o pai.

Nina não estava compreendendo aonde o padre Amâncio queria chegar. O que aquilo tinha a ver com o Sabonete? Olhou para os lados, todo mundo calado. O padre seguiu em frente:

— O rapaz ainda estava longe quando o pai o viu e, enchendo-se de compaixão, correu a lançar-se-lhe ao pescoço, cobrindo-o de beijos. O filho disse-lhe: "Pai, pequei contra o céu e contra ti, já não sou digno de ser chamado teu filho". Mas o pai disse aos servos: "Trazei depressa a mais bela túnica e vesti-lha; ponde-lhe um anel no dedo e sandálias nos pés. Trazei o vitelo gordo e matai-o; comamos e alegremo-nos, porque este meu filho estava morto e reviveu, estava perdido e encontrou-se". E a festa principiou. Ora, quando o filho mais velho se aproximou de casa, ouviu a música e as danças. Chamou um dos servos, perguntou-lhe o que era aquilo. Disse-lhe ele: "O teu irmão voltou e teu pai matou o vitelo gordo, porque chegou são e salvo". Encolerizado, o filho mais velho não queria entrar; mas o pai saiu e instou com ele. Respondendo ao pai, o filho disse: "Há já tantos anos que te sirvo sem nunca transgredir uma ordem tua e nunca deste um cabrito para me alegrar com os meus amigos; e agora, ao chegar esse teu filho que consumiu os teus bens com meretrizes, mataste-lhe o vitelo gordo". O pai respondeu-lhe: "Filho, tu sempre estás comigo e tudo o que é meu é teu. Mas tínhamos de fazer uma festa e alegrar-nos, porque este teu irmão estava morto e reviveu; estava perdido e encontrou-se".

O padre respirou fundo e pareceu olhar nos olhos de cada um dos presentes.

— Vocês podem estar pensando: padre Amâncio enlouqueceu. Por que ele resolveu desencavar logo hoje a parábola do filho pródigo? Em que ela pode contribuir para a nossa vida, aqui e agora? Dou a vocês a explicação. Essa parábola, assim como grande parte do Evangelho segundo São Lucas, trata de questões fundamentais na nossa vida: o erro, a culpa, a tolerância, o perdão.

Nina engoliu em seco, enxergando aquilo tudo na confusão da última semana. Mas o padre queria falar de outros erros, outras culpas, outras tolerâncias e perdões...

— Nós, de Campos Gerais, precisamos refletir muito sobre essas questões, num momento como este. Momento em que alguns elementos da população sobem ao coreto da praça para protestar contra o Sabonete. Fico muito triste de ver pessoas sérias, responsáveis, da nossa comunidade, embarcando nessa história. Digo mais: é uma vergonha para a cidade!

Na igreja lotada, as pessoas se entreolhavam, espantadas com a veemência do padre. E ele não deu tempo pra ninguém se recuperar do susto.

— Nessa parábola, um filho abandona e desonra o pai, além de gastar boa parte de sua fortuna. E o que o pai faz, quando o filho retorna? Ele o renega? Não: ele o perdoa. Se esse pai agiu assim, que motivo teria alguém nesta cidade para atacar o Sabonete? Esse filho de Campos Gerais cometeu, por acaso, algum pecado grave, indesculpável? Não. Sua falha, pelo visto, foi ter saído da cidade para se tornar rico e famoso em todo o país.

Fez uma pausa longa e respirou fundo.

— Nossa cidade vem crescendo e se celebrizando por causa do futebol. Não fosse pelo nosso grande Áureo Valente, o Sabonete, nenhum brasileiro conheceria Campos Gerais. O futebol é fator de união, de motivação, de valorização para todos nós. Por isso, não posso concordar com quem menospreza o futebol, e trama contra ele, maldizendo o Sabonete. Não podemos aceitar isso!

Nina olhou para trás, coçando para ver a reação da Maria e do professor. Viu logo a irmã, num canto. E no outro canto, na última fileira, encontrou o Ladeira. Estava cabisbaixo, parecia rezar, ou conversar sozinho. Não: olhando com atenção, Nina viu que o Ladeira estava era chorando! Isso mesmo, chorando!

Será que o sermão do padre Amâncio tinha mexido tanto assim com o Ladeira? Será que o padre tinha atingido o passado misterioso que tanto atormentava o professor? Que o fazia olhar pro teto com melancolia toda vez que o assunto era futebol? Nina desconfiou que o segredo do Ladeira estava por um fio.

De repente, o professor se levantou num salto e saiu em disparada da igreja. Nina tentou ir atrás, mas já era tarde. O Ladeira tinha virado a esquina e ainda corria loucamente.

A estranha cena se repetiu infindavelmente na memória da Nina, até a noite. Quando acordou, no dia seguinte, ainda parecia ver o choro e a correria do professor.

A SALA DO DIRETOR ACABAVA LOGO ALI

No DIA seguinte, Nina chegou à escola morta de curiosidade. Queria se encontrar frente a frente com o Ladeira. Queria olhar a cara do professor, entender aquela fuga inesperada da igreja. Mas o sinal já tinha batido havia dez minutos e nada de o professor entrar.

— Estranho — o Peruca comentou. — O Ladeira nunca se atrasa, e agora tá demorando mais que partida sem gol...

Foi falar isso e a porta se abriu.

— Nina, o diretor precisa falar com você.

Era o Petrúcio. Com certeza iria anunciar a expulsão. Uma semana antes, Nina teria congelado. Mas agora não. Levantou-se calmamente e seguiu o Petrúcio pelo corredor. Estava serena e entrou na sala do diretor como se fosse a primeira vez. Agora a sala parecia menor, acabava logo ali. Os retratos dos diretores não ameaçavam mais, o guarda-chuva não parecia uma espingarda, mas uma bengala malvestida.

— Pois não, doutor — Nina sorriu.

O diretor fez cara de impiedoso, limpou a garganta e tentou mostrar autoridade.

— Nina. Estas paredes sabem que eu já te dei várias oportunidades. Mas agora chegou a hora de agir com rigor.

— Sei...

— Veja bem, Nina. Seu avô fundou o cartório da cidade. Seu pai é pessoa respeitada em toda a região. A escola sabe que qualquer punição a você pode trazer danos à nossa imagem... Porém, acima de tudo, está a ordem, a disciplina. Não se pode simplesmente passar uma borracha sobre acontecimentos tão desagradáveis. Alguns professores estão até dispostos a preparar novas provas e encerrar o assunto.

— Por mim, seria ótimo... — Nina falou, aérea.

— Mas um professor não concorda com isso. Exige a expulsão dos culpados. Caso contrário ele pede demissão da escola. É o professor Ladeira.

Sempre o Ladeira! Nina apertou os dentes.

— Como você não quer identificar seus dois colegas, eu receio que a punição cairá exclusivamente sobre a sua pessoa.

— Eu entendo, sim senhor. Não tem problema nenhum.

— Tem certeza? Veja bem: a escola não vai voltar atrás.

Nina se ajeitou na cadeira.

— Estou decidida...

— Bem, Nina. Para mostrar que estou bem-intencionado, dou a você mais um dia para se decidir. É sua última chance.

Nina voltou pra sala disfarçando a ansiedade:

— Ninguém precisa chorar. Eu ainda tenho um dia de escola.

O Tonho levou a mão até a boca, arrasado.

— Se você for expulsa, Nina, eu morro de arrependimento...

— Então pode encomendar o caixão. O diretor falou que os outros professores aceitam fazer outra prova, mas o Ladeira faz questão absoluta da expulsão.

O Tonho deu um murro na mesa:

— Droga! Agora danou de vez!

Nesse momento a porta se abriu. Nina olhou ansiosa, achando que finalmente era o Ladeira chegando pra aula. Mas era o Petrúcio de novo:

— O professor Ladeira está doente e não vai dar aula.

Ahn? O Ladeira, doente? O que que aconteceu? Será que endoidou de vez? Será desgosto com a cidade? Cada um inventava na cabeça uma explicação.

— Quem sabe ele se arrependeu de ter pedido sua expulsão, Nina? — o Tonho sugeriu, esperançoso.

— Sonha não, Tonho — o Peruca gozou. — Se você tivesse pensado duas vezes antes de dedurar... Não acha, Tavinho?

Mas o Tavinho não deu trela pro Peruca. Estava no fundo da sala, aos risos, com a Cida.

O Tonho respirou fundo e falou decidido:

— A gente precisa convencer o Ladeira a perdoar a Nina.

— Como? — o Peruca balançou a cabeça. — O sujeito não dá uma oportunidade. Vive enfurnado naquela casa-fantasma...

— Pois eu vou descobrir. Eu coloquei a Nina nessa enrascada e tenho a obrigação de resolver o problema. Hoje à tarde eu vou até a casa dele.

— A casa mal-assombrada?

— Ficou louco?

— Vai enfrentar os fantasmas?

— Em carne e osso. Quer dizer: sem carne e sem osso...

UMA CASA BEM AFASTADA

À TARDE, Nina não conseguia parar quieta, só de imaginar o Tonho indo sozinho à casa do Ladeira. Acabou catando o telefone:
— Peruca, nós temos que ir lá também.
— Lá onde? — o Peruca estranhou.
— À casa do Ladeira.
— A casa-fantasma?
— E tem outra?
— Você tá louca? Eu é que não entro lá.
— A gente não pode deixar o Tonho ir até lá sozinho.
— Claro que pode! Ele é o culpado dessa confusão toda!
— Nada disso, Peruca. Você é tão culpado quanto ele. Você inventou de roubar as provas...
— É... não... mas... E se o Ladeira pega a gente? E se um fantasma pega a gente?
— Vamos ter que arriscar. Se você não topar, eu vou sozinha atrás do Tonho.
— Tá bom, tá bom...
— Beleza. Liga pro Tavinho e corre pra casa do Tonho, senão a gente não pega ele lá.
Saiu em disparada, virou a esquina, desceu a ladeira, cruzou o largo das Palmeiras, o Tonho ia saindo pela porta.
— O que que você tá fazendo aqui, Nina?
— Nós vamos com você!
— Nós quem?

— Eu, o Peruca, o Tavinho e a Cida.

— Isso se o Tavinho vier mesmo — gritou o Peruca, que acabava de chegar. — Aposto que o bunda-mole tá com medo.

— Que nada, Peruca! — Nina cortou. — Aquele Tavinho medroso, que te seguia pra lá e pra cá, aquele não existe mais. Depois do autodrible, ele virou outro!

Dito e perfeito. Um minuto depois aparece o Tavinho, de mãos dadas com a Cida! Casal de pombinhos!

— Bem que eu desconfiei aquele dia na escola — o Peruca resmungou. — O Tavinho dava um chute na bola, uma piscada pra Cida. Outro chute, outra piscada. Nunca vi.

— Cê tá é com inveja, que não arranjou uma namorada bonita feito eu — a Cida retrucou, com uma bicota na bochecha do Tavinho.

— E então, vamos?

— Vamos.

— Seja o que Deus quiser...

A casa do Ladeira ficava na saída pra Rio Escuro. Era uma atração turística da cidade. Uma atração diferente, porque não atraía ninguém. Pelo contrário, só afastava. O povo não gostava nem de chegar perto. Diziam que à noite se ouvia uma gritaria danada por aquelas bandas, ganidos de animais, tiros, estalos esquisitos. Muita gente preferia dar a volta pela estrada de Araxá, do outro lado da cidade, só pra não ter que passar pela casa.

Mas lá se foram os cinco destemidos. Atravessaram toda a cidade, passos ora lentos, ora rápidos, sem saber o que esperar.

— Será que o Ladeira é um fantasma? — a Cida tentou adivinhar. — Será que ele mora há séculos naquela casa e agora cansou e resolveu sair?

— É isso mesmo! — o Tavinho completou. — É por isso que ele não gosta de futebol. Séculos atrás, quando ele morreu, nem existia futebol!

— Não! Eu já sei! — o Peruca também chutou. — O Ladeira, ele próprio, não é um fantasma, mas é que quando ele veio pra Campos Gerais, deu o azar de morar justo nessa casa mal-assombrada e os antigos donos da casa eram fazendeiros e agora, que viraram assombração, detestam futebol, porque hoje em dia, em vez de plantação de arroz e trigo e café, a cidade só tem campo de futebol.

— Nossa, que explicação mais comprida! — a Cida gozou.

— Comprida e besta — o Tavinho aproveitou pra alfinetar.

— Besta é você! — o Peruca peitou.

— É você!

— Você!

61

— Ih, gente! — a Nina se enfiou no meio dos dois. — Não adianta ficarem falando bobagem. Nós vamos ter que esperar até lá e ver tudo com esses olhos que a terra há de comer.

— Eco, cruz-credo!

— Vira essa boca pra lá!

— Bate na boca com paralelepípedo!

Com a falação toda, já estavam quase chegando à casa mal-assombrada. Passaram pela última casinha do caminho, agora era andar mais um quilômetro e pronto.

Os moradores da casinha, vendo a turma, apontaram o dedo e cochicharam um pro outro:

— Esses aí tão malucos...

— Por que diabo eles tão indo pra casa mal-assombrada?

— Deus me livre e me guarde...

— Vamos rezar pra alma deles, porque o corpo...

Mas os cinco seguiram, nem tchum pros comentários. Quando chegaram, tudo trancafiado: portão, portas, janelas. Parece que não tinha ninguém em casa. Saltavam a grade? Era o jeito. E as meninas, saltavam também? Claro. Saltaram.

Pé ante pé, rodearam a casa, caçando alguma janela, um buraquinho, uma fresta, pra poderem espiar. Nada.

Nossa, será que o Ladeira estava lá dentro? Será que ele estava de cama? Por que não foi dar aula? Será que os fantasmas aprisionaram o infeliz?

— Professor!!!

— Grita não, sô! Ficou louco?

— O que que você sugere, então? Quer ficar esperando um fantasma convidar a gente pra entrar?

Foi nesse exato instante que veio um grito lá de dentro...

— Foi ele!!! — uma voz rouca gritou.

O Peruca quase desmaiou de susto.

— Não fui eu, não! Eu não fiz nada! Sai de mim, assombração!

— Vamos dar o fora daqui! — a Nina emendou.

— Nada disso! — o Tonho retrucou, firme. — Eu tenho um problema sério pra tratar com o Ladeira.

E então, de novo, aquele grito rouco:

— Foi, foi, foi eeeeeele!

— Socorro! — a Nina berrou.

— Socorro! — o Peruca berrou.

— Socorro! — a Cida berrou.

— Socorro! — o Tavinho berrou.

— Socorro! — o Tonho não berrou.

Uai, o Tonho não berrou? Por quê? O que é que aconteceu? Cadê o Tonho? Cadê?

A porta continuava fechada, mas o Tonho tinha sumido.

— Foi engolido pela casa-fantasma! — a Nina deduziu.

— Tragado. Sugado. Sorvido. Chuchado.

— Para com isso, Peruca! — o Tavinho xingou. — E agora, gente, o que é que a gente faz?

— Alguém tem coragem de ir lá olhar?

— Eu não!

— Nem olha pra mim!

O Tavinho é que acabou tomando coragem. Foi se aproximando da casa pé ante pé, rodeou prum lado, pro outro, até descobrir uma janela entreaberta.

— Gente, gente! Vem cá ver!

— O quê?

— Tem alguém lá dentro vendo um jogo.

Como assim, um jogo? Um jogo, ora, na televisão! Jogo de quem? Sei lá, da seleção. Deixa eu ver! Sai da frente! Cuidado, fala baixo, vai chamar a atenção...

— Olhem por essa gretinha aqui — o Tavinho falou.

E, lá de dentro, a voz rouca do locutor confirmou tudo:

— É mais um gol brasileiro, meu povo! Encha o peito, solte o grito na garganta e confira comigo no *replay*: foi, foi, foi, foi ele! Romário, o craque da camisa número onze!

Nina ficou vermelha, o Peruca ficou roxo, o Tavinho e a Cida ficaram azuis de tanto rir.

— Foi, foi, foi, foi ele!... — o Tavinho repetiu, às gargalhadas.

Nina deu um suspiro aliviado:

— Muito bem, escapamos dessa. Mas ainda não descobrimos onde é que o Tonho foi parar.

De repente a janela se abriu em câmera lenta, com um "nheeeec", e os quatro viram, embasbacados, o que nunca poderiam imaginar.

SE CONTASSEM,
NINGUÉM IRIA ACREDITAR

N<small>EM BICHOS</small>, nem armas, nem fantasmas: o que eles viram, isso sim, foram dezenas e mais dezenas de troféus na estante.

— Isso é tudo troféu de futebol! — o Peruca gritou. — Será que, além de tudo, o Ladeira ainda é ladrão de troféus?

— Entra, gente — o Ladeira apareceu diante da janela. — Que surpresa, essa visita...

— Cadê o Tonho, ele tá aí? Ele tá bem? — o Peruca perguntou, afobado.

— É claro que sim — o Ladeira sorriu.

Mas os meninos ainda estavam desconfiados. E se o Tonho estivesse preso, amarrado, sob tortura? Entra, não entra, entra, não entra...

— Pede pra o Tonho falar alguma coisa — o Peruca sugeriu.

— Deixa de ser chato e entra de uma vez, Peruca! — o Tonho gritou de dentro da casa.

Foi só então que os quatro entraram, com a Nina à frente:

— *Fessor*, o senhor desculpe o nosso espanto, mas é difícil entender essa história. O senhor sempre detestou futebol e agora a gente chega aqui e o senhor tá assistindo a um jogo? E esses troféus todos na parede?

— É verdade — o Tavinho emendou. — A gente já ouviu tantas histórias...

— Que histórias? — o Ladeira franziu a testa.

— Que seu pai foi o melhor goleiro do Rio e que ele era tão bom, mas tão ótimo, que um torcedor adversário deu um tiro na mão dele.

— Que a noiva do senhor fugiu com o massagista do Santos.

— Afinal de contas, qual é a verdade?

O Ladeira deu um risinho melancólico:

— A verdade é outra... Sentem-se, por favor. Eu vou contar a história toda.

Os quatro se sentaram na sala, onde o Tonho já estava, tranquilo e satisfeito, pronto pra escutar.

— Ainda lembro como se fosse hoje o dia em que fiz o teste no Botafogo... — começou o Ladeira, os olhos mareados.

Sentados no chão da sala de visitas, os meninos olhavam ora pro Ladeira, ora para os troféus, ora uns para os outros. O velho professor, jogador de futebol? Se contassem, ninguém iria acreditar.

— Isso aconteceu há uns cinquenta anos, no final da década de 1940. Eu tinha chegado do interior com ótimas recomendações. Igual ao Sabonete, quando começou. Caboclo simples, bom de bola, em início de carreira. Bolso vazio, malvestido, paletó torto, calça de outra cor, larga feito balão, sapato esmagando o dedão.

Fez uma pausa compriiida...

— Naquela época, no Rio, tinha muito borboleta que de dia jogava bola, mas de noite só andava de bengala e capa de gabardine no braço. Era o chique. Eu não, quem era eu? Um pobre coitado. Sorte que de uniforme todo mundo era igual, não tinha esse pedacinho de grã-finagem, pai rico, nada não. Os borboletas tinham de mostrar era na bola. A redonda sabia de tudo... E ela gostava de mim, a danada. Sabia que eu não estava ali de enganação. Meu passe valorizou, mudei de time, com fama de craque, valente, raçudo. A torcida gritava meu nome, os cronistas elogiavam meu estilo. O Mário Filho fez uma coluna inteirinha falando dos meus dribles. O título foi 'Lá vem Lalá'.

— Lalá? — os meninos riram.

— Era meu apelido. Lalá: Ladislau Ladeira. Imaginem a honra que era o Mário Filho escrever da gente! Em pouco tempo, todos os jornais estavam me pedindo na seleção carioca.

A Cida apertou com carinho a mão do Tavinho e apontou pra um quadro na parede. Era uma página amarelada de jornal, que tinha um artigo com o título "Lalá é o melhor em campo" e uma foto do jogador.

— Mas o senhor era muito diferente, professor!

— É mesmo — o Tavinho concordou. — Eu nunca ia reconhecer, com esse bigode...

— Vai ver que é por isso que ninguém aqui na cidade nunca identificou o senhor — a Cida completou. — Nem o pessoal mais velho. Nem o meu avô, que sabe tudo de futebol.

— Isso mesmo. Por causa do bigode e por causa do nome. Na época eu era só Lalá, ninguém me conhecia por Ladislau Ladeira.

— Que coisa, né... — o Peruca falou, pensativo.

— Ih, gente, deixa ele contar a história — a Nina reclamou. — Afinal, professor, o senhor foi pra seleção ou não foi?

— Fui. Cheguei até a ser convocado pra seleção brasileira...

Virou os olhos pros troféus e ficou admirando, com olhar de saudade.

A pergunta era inevitável, e foi a Nina quem a fez:

— Mas então, professor, o que é que aconteceu na sua vida pro senhor tomar tanto ódio pelo futebol?

O Ladeira suspirou fundo, baixou os olhos, ficou calado um tempão. Nas quinas do telhado, o vento assobiou curioso.

— Nos meus tempos de boleiro eu fui muito deslumbrado. A-chava que o futebol era mesmo a alegria do povo, a glória dos brasileiros... Nada disso!

Os meninos se entreolharam, sem entender.

— Esse mundo dá muita volta, meninada, e o Brasil vai junto. Eu fui ficando velho, fui perdendo o fôlego e, quando me ameaça-ram passar pra reserva, larguei a chuteira. Deixei a natureza fa-zer sua seleção. É assim mesmo que deve ser. Então eu estudei, virei professor de História. Eram os anos 1960, o Brasil vivia uma ditadura das bravas, os militares censuravam tudo, prendiam e matavam gente da oposição.

— Eu sei. Meu avô foi preso — o Tavinho comentou.

— Acho que teve uma tia minha que sumiu — o Peruca tentou lembrar. — Ou será que ela fugiu com o dentista? Ou o dentista era um coronel? Alguma coisa assim...

— Pois é, gente — o Ladeira continuou. — Nessa época eu conheci muita gente valente. Gente que acreditava no país, que lutava por justiça, por liberdade. Eu entrei nessa luta também. Pra quê? Me apertaram, me esticaram, me torceram, me queima-ram. Só porque eu pensava diferente. Queriam que eu dissesse o nome de outras pessoas que combatiam o governo. Queriam que eu virasse dedo-duro! Eu aguentando firme, calado, nunca entre-guei ninguém.

Os meninos, quase sem querer, olharam pro Tonho. Mas ele não ligou, sabia que a turma já tinha desculpado a deduragem.

— Na Copa de 70 — o Ladeira seguiu, com a voz mais grave — vocês não tinham nascido, mas seus pais devem lembrar. Esses mesmos que me prenderam e me bateram, resolveram que o fute-bol ia salvar o país. Aí aconteceu de tudo: mulher de presidente convocando jogador, treinador demitido porque era contra o go-verno e não aceitava general mandando na seleção... Vocês nem imaginam! E o povo engolindo, fazendo corrente pra frente... Foi uma decepção grande demais.

— É — Nina comentou, olhando pro chão. — Meu pai contou que teve até gente torcendo pro Brasil perder a Copa.

— Pura verdade — o Ladeira suspirou. — Eu mesmo torci. Mas isso não aconteceu só no Brasil, não. Em tudo quanto era canto os milicos resolveram usar o futebol. Na Argentina, em 78, foi a mesmíssima coisa. No Chile, o Pinochet, ditador mão de ferro, virou presidente do Colo-Colo. Na Bolívia, o general Mesa virou presidente do Wilstermann. O negócio estava feio. Então eu resolvi que, pra mim, História não tinha nada a ver com isso: com futebol, com carnaval. História era outra coisa. Fui fechando o olho pro mundo, amontoei meus troféus. Não queria mais saber de futebol. Nunca mais.

Agora os meninos entendiam o mistério, a raiva, a tristeza do professor toda vez que se falava em futebol.

— Mas tudo isso mudou, ontem, depois da missa.

— O quê? — o pessoal se espantou.

— Isso mesmo. Aquele sermão sobre o filho pródigo me fez acordar. Eu vi que eu tenho sido um completo imbecil. Futebol pode ser uma coisa maravilhosa. Quando o padre Amâncio terminou o sermão, eu estava tão atormentado que saí correndo da igreja. A Nina viu... Eu estava, como se diz, na marca do pênalti. Passei a noite em claro, não consegui ir à escola pra dar aula... Eu não tinha direito de desprezar a cidade e o Sabonete, nem de tratar os alunos do jeito que eu vinha tratando. Então sabem o que eu fiz hoje de manhã?

Só sabiam que ele tinha faltado à aula.

— Saí cedinho de casa e, em vez de ir à escola, caminhei até a igreja. Mas quando eu cheguei diante da igreja, senti tanta vergonha que não consegui entrar. Eu estava tão revoltado comigo mesmo que não me achava digno sequer de entrar numa igreja. Fiquei parado, na porta, sem tomar coragem... Aí eu pensei: quando a gente vai ao médico não é porque está doente? Pois então, pra ir à igreja eu não preciso estar santo não. Posso estar acabado, posso estar puto. E puto eu levantei a cabeça, puto eu entrei na igreja, puto eu me ajoelhei, e puto eu falei pra Deus: Deus, eu tô puto!... Eu tô de um jeito que ninguém me aguenta. O senhor é que tem que dar um jeito, porque eu não tô conseguindo. Estou tentando mudar minha vida, mas não sei como. Eu tenho que me apoiar em alguém.

Os meninos ouvindo apertados uns nos outros.

— Olha, pode ser que nunca mais eu entre numa igreja. Mas vou dizer uma coisa: eu saí de lá sentindo uma coisa que há muito tempo eu não sentia — uma vontade louca de sair pela rua chutando tampinha ou bola de meia... É, meninos, eu sofri um bocado nesses tempos. Mas hoje eu entendi uma coisa que a minha mãe sempre dizia: "Do perdido, uma lasca".

— Do perdido, uma lasca? — Nina repetiu, estranhando.

— Isso mesmo. Do perdido, uma lasca. Quer dizer: mesmo nas piores situações, a gente consegue aprender alguma coisa, ganhar alguma coisa. Vocês vão ver, agora eu vou virar outro...

Foi aí que o Tonho limpou a garganta e criou coragem:

— Professor, eu queria fazer um pedido muito especial pro senhor. É sobre o negócio das provas. Será que agora, depois dessa conversa toda, o senhor não podia desculpar a Nina? Desistir da punição?

Nina olhou surpresa pro Tonho: não é que ele teve coragem?

— Por favor — o Tonho insistiu. — O senhor não imagina o favor que o senhor vai estar me fazendo.

— Fazendo a você? — o professor não entendeu.

— É — o Tonho confirmou.

O Ladeira ficou calado um bocado, depois perguntou.

— O que você sugere, Tonho?

— O senhor podia fazer igual aos outros professores: preparar uma nova prova.

— Só com questões sobre futebol — o Peruca se intrometeu.

O professor não respondeu. Ficou só olhando os troféus. Até que, finalmente, abriu um sorriso.

— Bom, vocês prestaram atenção na aula que eu acabei de dar? Brasil, Argentina, Chile...

— Ô, se prestamos!

— Estamos combinados. Amanhã cedo eu falo com o diretor.

— Obaaaa!!! — os meninos comemoraram, o Tonho só faltou chorar de alegria.

— Sabem de uma coisa? — o Ladeira falou. — Só agora eu estou entendendo por que vocês ficaram desorientados quando eu anunciei que a minha prova não ia ter nenhuma questão sobre futebol. Era como se eu fosse um juiz que enfiasse a mão no bolso e ninguém soubesse se eu ia pegar o cartão vermelho ou uma bala de caramelo.

A MOÇA MAIS AZARADA DO PLANETA

A SEMANA passou rápido feito uma brisa, só pra grande decisão chegar mais cedo: Ferroviário × Bangu era domingo à tarde. Com direito a Sabonete e tudo.

Livre da expulsão, Nina só pensava em encontrar o ídolo. Ia bater palma, gritar, pedir autógrafo, tirar foto, falar da redação...

Mas a espera não foi fácil. Em casa, a Maria só queria saber de xingar o Sabonete.

— Não tem cabimento essa festa toda pra homenagear uma ovelha desgarrada. Tomara que bata uma ventania, caia um temporal, tomara que esse jogo seja um fiasco.

Nina não gostou. Parecia que a irmã nem tinha assistido à missa do padre Amâncio. Como é que ela podia ser tão teimosa? Até o Ladeira tinha mudado de ideia depois da missa...

— Eu sou a moça mais azarada do planeta — a Maria continuou no lamento. — Nasci numa cidadezinha infeliz cheia de campos e traves, vivo cercada de gente que só quer saber de futebol e, pra piorar, tenho uma irmã que idolatra um centroavante analfabeto. Fazer o quê?

— Ah, Maria, você parece uma velha ranzinza!

— Já estou cansada dessa mentalidade de cidade pequena — a Maria rosnou. — Falta gente, falta cabeça pra pensar...

Nina rebateu na mesma hora. Campos Gerais era cidade pequena, tudo bem. Mas todo mundo conhecia todo mundo, sabia quem era quem, quem armava, quem destruía, quem voltava pra ajudar a defesa. Na cidade grande, quem é que sabia a posição dos outros?

— Você tem é inveja do Sabonete, Maria. Só porque ele é ídolo nacional.

— Os fãs dele são todos uns pirralhos sem bigode, feito seus amigos, e umas meninotas que mal aprenderam a usar sutiã, feito você!

— Engano seu, minha filha. Eu sei de muita moça da cidade que é doida com ele.

— Pra você ver, Nina. Tem mau gosto pra tudo. Eu é que não quero saber daquele ignorante!

— Quantas vezes eu já falei que ele não é ignorante?

— É claro que é. Eu não contei o caso dele no cartório? O sujeito é um zero à esquerda.

— Você fala isso porque não viu a redação que ele escreveu quando estudava lá na escola.

— Redação? E aquilo ali sabe escrever, por acaso?

As mãos da Nina até coçaram de raiva, por ter perdido a redação.

— Um dia você vai ver, Maria. Ah, se vai...

PADRE AMÂNCIO, LEMBRA AQUELA HISTÓRIA?

— Bom dia, padre Amâncio. Lembra aquela história? O negócio que eu roubei...
— Claro que lembro, você não me deixa esquecer...
— Eu queria fazer mais uma pergunta. Juro que é a última vez que eu insisto nesse assunto.
— Por favor, fique à vontade.
— É o seguinte, padre: sabe a coisa que eu roubei? O senhor falou que era pra eu devolver, mas eu joguei fora.
— Jogou?
— Foi. E agora estou no maior arrependimento. Imagina se o senhor tivesse jogado fora a Bíblia que roubou de sua avó. Talvez nem tivesse virado padre, né?
Padre Amâncio suspirou melancólico e custou pra responder.
— É verdade. Sabe? Quando eu roubei a Bíblia, foi só pra fazer raiva na minha avó. Ela não parava de ler aquele livrão, nem tinha tempo de me dar atenção... Eu não suportava aquilo. Mas aí aconteceu o que eu não esperava: eu fiquei tão embevecido pelo livro, que não consegui devolver. Que histórias lindas, que ensinamentos, que lições! Eu o lia todos os dias, escondido no quarto, morrendo de medo que alguém descobrisse. Foi ali que eu desco-

bri o mundo da fé. Aquela Bíblia roubada mudou minha visão das coisas. Eu a tenho comigo até hoje...

— Ah, padre, mas não dá pra comparar uma Bíblia com uma redação de português.

— Redação? Então foi isso que você roubou?

— Foi, padre. Uma redação escrita pelo Sabonete. Eu roubei da Nina, minha irmã.

— Que história é essa, minha filha?

— O senhor nem imagina, padre. Um dia a Nina deixou um papel cair no chão, eu peguei e escondi, só pra irritar. Quando fui ler, era uma redação de português, escrita há muitos anos pelo Sabonete.

— Pelo Sabonete, Áureo Valente?

— O próprio. Um texto... um texto bonito que só o senhor vendo...

— Bonito?

— É, padre. Um texto tão sensível, quase um poema, nem parece coisa de jogador de futebol.

— Mas espera aí! — o padre se levantou espantado. — Se você acha isso, por que estava na praça domingo, ao lado do professor Ladeira, protestando contra a vinda do Sabonete? Xingando o coitado?

A Maria ficou vermelha e engasgou na hora de responder:

— Não, padre... é que... sabe o que é?

— Ah, menina, trate de explicar essa história. Um dia você xinga o Sabonete em praça pública, no outro dia você vem toda derretida, falar que ele é muito sensível! Não estou entendendo uma mudança tão brusca!

A Maria quase fugiu do confessionário, de tão sem graça que ficou. Mas acabou tomando coragem.

— Padre, eu tenho mais uma coisa a confessar.

O padre se sentou de novo.

— Lá vem uma bomba no ângulo...

A Maria respirou fundo:

— Um dia o Sabonete foi lá ao cartório, pra ser padrinho dum batizado. Ou dum casamento, não importa. Eu sabia que ele ia e fui toda bonita, maquiagem e tudo, só pra ele reparar em mim. Eu era doidinha com ele, igual a todas as meninas da cidade.

O padre só olhando com cara de "quem diria...".

— E deu certo, padre. Ele não tirou os olhos de cima de mim, o tempo inteirinho. Ele espiando de lá, eu espiando de cá. Eu tinha certeza que ele ia me chamar pra sair, que ia até me pedir em namoro.

— E então?

— Então que dois dias depois a rádio anunciou que um time de São Paulo tinha comprado o passe do Sabonete e que ele ia embora de Campos Gerais. Nunca mais voltou. Nem deu notícia, o bandido...

O padre balançou a cabeça, incrédulo.

— Menina, a sua irmã sabe disso?

— Tá doido, padre? Claro que não! Ela nem imagina uma coisa dessas. Só me vê xingando o Sabonete todo dia! Mas sabe, quando a Nina sai de casa e não tem ninguém olhando, eu costumo abrir a bola onde ela guarda as reportagens do Sabonete e fico lendo, escondida. Acho que eu ainda gosto dele até hoje.

Padre Amâncio viu que a Maria estava quase chorando.

— Por que você não conta a verdade pra sua irmã?

— Não tem jeito não. Eu passei tanto tempo excomungando o Sabonete, enchendo a paciência da Nina, que agora não posso dar o braço a torcer. Estou morrendo de vergonha dela...

— Vergonha, vergonha... Ô, sentimento complicado.

— Como assim, padre?

— A vergonha, minha filha, é uma culpa fajuta. É quando a gente sente culpa por não fazer o que os outros esperam da gente. É muito diferente da boa culpa.

— Boa culpa?

— Isso... Quando a gente não faz o que manda a nossa consciência.

— Ai, padre, se fosse pra seguir minha consciência, eu devolvia a redação. Mas sumiu aquela porcaria... desculpa, que vergonha...

O padre sorriu, compreensivo, e Maria suspirou, angustiada:

— Se eu pelo menos tivesse guardado a redação...

— E você não sabe onde ela foi parar?

— Não faço a menor ideia. Ontem à noite, eu abri a janela e joguei fora. O vento carregou, pra nunca mais...

CONCENTRAÇÃO

No DOMINGO, Nina madrugou e já começou a concentração, como se ela própria fosse jogar. Vestiu a blusa azul do Ferrinho, enfiou pra dentro da bermuda, puxou até os joelhos o meião branco com três listras azuis na boca.

Foi até o cofre redondo onde guardava as reportagens sobre o Sabonete, pegou a papelada toda e espalhou em cima da cama. Queria escolher a foto mais bonita pra levar pro campo e pedir um autógrafo. Ficou um tempão olhando as fotos, lendo as matérias, lembrando a trajetória do Sabonete. Os dias de Ferroviário, os dias de Bangu, a viagem a São Paulo, a primeira convocação pra seleção.

A mãe entrou no quarto, chamando pra missa. Nina disse que só ia se fosse de uniforme.

— De jeito nenhum! — a mãe torceu o nariz.

— Então eu fico e rezo em casa.

A mãe conhecia a Nina, nem tentou insistir.

"Pai nosso que estais no céu, bom dia, como vão as coisas aí em cima? Como o Senhor está vendo, eu vou ter que rezar aqui de casa, porque minha mãe torce pro Bangu e não gosta que eu entre na igreja com o uniforme do Ferrinho, ainda mais em dia de decisão.

Eu queria muito fazer ao Senhor um pedido, unzinho só, mas antes preciso agradecer.

Agradecer que o Tonho resolveu as confusões dele, voltou a comer a bola, mandou o Pé-de-Ferro pros quintos dos infernos, com o perdão da palavra...

Agradecer também que o Ladeira descobriu o futebol outra vez; ele está rindo à toa, só vendo que beleza. Perdoou o roubo das provas e já até preparou outra. Tomara que seja fácil, o Senhor queira que sim...

Outra coisa que eu queria agradecer era o Sabonete voltar à cidade. Há muito tempo que eu queria me encontrar com ele, ainda mais depois que eu achei e perdi a redação...

Queria agradecer isso tudo e pedir uma coisiquinha só, se o Senhor não se importar. É que hoje é o dia da final, o Senhor está vendo a cidade pegando fogo. Já faz pra mais de ano que o Bangu não perde uma, meu Deus, então faço figa que seja hoje, tem que ser hoje...

Eu sei que é difícil pro Senhor descer aqui e marcar uns dois gols pra gente, mas será que o Senhor não podia, sei lá, entrar de mansinho assim no coração do juiz e dos bandeiras, três safados que eles são, e explicar pra eles que isso não é justo não o Bangu ganhar toda vez? Não tem cristão que aguente. E eu ouvi umas conversas, meu Deus, tô achando que esses aí já estão comprados. Revista o bolso dos três, ou oferece uns merréis...

Pai do céu, olhai por nós, torcedores. O Senhor veja só a diferença: o time deles tem dinheiro, tem roupeiro, treineiro importado do Rio. A gente tem só nossa raça, nossa fé e nossas bombinhas caseiras.

Se não for pedir muito, Senhor, eu gostaria que o ponta deles quebrasse uma perna, só uma só, pode ser a esquerda. Como corre o danado... Será que joga dopado? Quase não para no chão, vai ver toma chá de tufão...

Senhor, perdoai as nossas ofensas e colocai o nosso time mais ofensivo. Quem sabe um 4-2-4 com o lateral apoiando?

E não nos deixeis cair em tentação, mas livrai-nos do Mauro. Vê se aquilo é centroavante, não tem pontaria o tratante, perde cada gol que até minha vó Umbelina — o Senhor a tenha —, até a vovó fazia, de olho fechado e com um pé amarrado nas costas...

Ai, Senhor, se fosse eu, tirava o Mauro e punha o Zé Bundinha na direita, o que é que o Senhor acha? Não adianta não? É o que o Peruca fala: nem Deus acerta esse timinho...

Agora eu juro uma coisa, Senhor, juro que eu juro, por tudo o que é mais sagrado: se o Ferrinho perder de novo, eu nunca mais assisto a um jogo de futebol. Se bem que eu digo isso depois de todo campeonato. Então tudo bem, amém, até o ano que vem..."

Não custava nada pedir a Deus, né? Nina sabia que o Ferrinho era zebra, mas, no fundo, no fundo, ficava repetindo "por que não?". Afinal de contas, nem tudo acontece do jeito que a gente espera. E se o Corinthians perde pro Sergipe? E se sorvete fosse bom pra gripe? E se o Olaria derrotar o Vasco? E se o Papai Noel chegar na Páscoa? E se o Brasil perdesse pro Japão? E se desse cárie no bicho-papão? E se o Flamengo leva goleada? E se a zebra fosse quadriculada?...

A Maria chegou da igreja com um sorriso esquisito:

— Bem feito, não quis ir à missa, sabe quem tava lá? O seu ídolo, o Sabonete. Aquele...

Ia xingar o Sabonete de idiota, como fazia sempre, mas não conseguiu. Depois de confessar sua paixão para o padre Amâncio, não tinha mais coragem de falar mal do Sabonete.

Nina arregalou os olhos.

— Mentira, Maria! Ele tava na igreja?

— Se tava! A mulherada toda pra cima dele, aquelas atiradas, bem que você disse.

— Ai, meu Deus! Como é que eu perdi essa chance?

Na mesma hora, Nina catou as tralhas todas e saiu correndo de casa. Nem viu a irmã tremendo de ansiedade.

— Ainda faltam duas horas pro jogo! — a Maria gritou do alpendre.

Mas a menina já ia de carreira. Chegou à portaria do estádio, sentou-se no meio-fio e ficou esperando o Sabonete chegar. Na hora em que o ídolo aparecesse, Nina puxava conversa: agora não tinha erro.

E esperou. E esperou. E esperou.

Lá pelas tantas, o público começou a chegar: o Tonho, o Peruca, o Tavinho, a Cida, o Banana, o Ladeira, o Petrúcio, o seu Fabiano, os pais, as mães. Nina ali na porta. E o Sabonete que não aparecia? Será que ele ia entrar por outro portão? Não, não tinha outro.

Até que finalmente apareceu o Sabonete. Nina se levantou num salto e disparou na direção do ídolo. Mas, de repente, apareceram uns vinte guardas não se sabe de onde e fizeram um cordão de isolamento. Não tinha jeito de a Nina chegar nem perto.

— Sabonete! Sabonete!

Mas o ídolo, que já estava subindo pra tribuna de honra, não deve nem ter escutado.

— Seu guarda, pelo amor de Deus, deixa eu entrar na tribuna só um segundinho. Eu preciso perguntar uma coisa pro Sabonete.

O guarda sentia muito, mas não podia deixar.

— O Sabonete vai dar o chute inicial, não pode perder tempo.

— Mas seu guarda! É uma coisinha só... — a Nina já estava quase chorando.

— Não dá, garota.

— Depois do jogo, então? — Nina insistiu.

— Acabando o jogo, o Sabonete vai entregar o troféu e fazer um discurso. Depois do discurso, quem sabe?...

MAGNÉTICA

Todo domingo, a bola, feito ímã, atraía multidões. Não era à toa que a torcida de Campos Gerais era chamada "magnética". E em dia de final, igual àquele, não sobrava um lugar vazio na arquibancada.

Antes de dar o chute inicial, o Sabonete olhou ao redor de todo o estádio, como se estivesse procurando alguém. Nina estranhou, mas nem teve tempo de curtir a curiosidade, porque o juiz logo apitou o começo da partida.

— Vamos lá, Ferrinhôôô!

Parece que o time escutou o grito da Nina. Em menos de cinco minutos, o Mauro perdeu um gol na cara do goleiro, depois perdeu mais um, só ele e a trave e, finalmente, acertou, meio sem querer, uma cabeçada no ângulo. Ferroviário um a zero.

— É hoje! — Nina falou pro pai. — Vamos destruir o Bangu!

Parece que o Bangu escutou o grito da Nina. Porque empatou na mesma hora, virou e ainda fez mais um. No início do segundo tempo, a torcida do Ferrinho já estava pela metade.

O Mauro perdendo um gol atrás do outro, a Nina não aguentou:

— Ô, treinador tapado! Tira o Mauro e põe o Zé Bundinha!

Parece que o tapado do treinador escutou o grito da Nina. Quando a garota reparou, lá estava o Zé Bundinha se aquecendo na beira do gramado.

E aqueceu. E aqueceu. Já estava quase pegando fogo e não entrava em campo. A substituição só foi acontecer aos quarenta do segundo tempo.

— Agora não adianta mais nada — a Nina chiou, furiosa.

Quarenta e quatro do segundo tempo. Na arquibancada Nina olhava incrédula o placar: Bangu 3 × 1 Ferroviário. Mais uma derrota, mais uma humilhação, dava vontade de sumir da cidade.

Quarenta e quatro minutos. O Zé Bundinha recebe a bola na ponta direita, quase na linha lateral, dá um corte seco pra dentro, parece que a bola cai pro pé esquerdo, mas não, ele olha o gol do Bangu, vê o goleiro um pouco adiantado e mete uma trivela com o pé direito. Nina dá um risinho desconsolado, achando que a bola vai parar na bandeira do córner. Mas, quanto mais ela voa, mais vai girando, vai pegando efeito, agora ela já toma a direção do gol, o goleiro do Bangu está no meio da meta e, quando percebe o perigo, tenta um salto espetacular em direção à trave direita. Só que a bola já resolveu que vai entrar, contorna a mão esticada do goleiro e morre exatamente no ângulo direito.

Quase toda a torcida do Ferrinho já tinha ido embora, nem viu o golaço. Nina olhou pro pai, que estava de queixo caído, balançando a cabeça prum lado e pro outro:

— Foi o gol mais lindo que eu já vi na minha vida! — o pai garantiu. — Igual àquele do Nelinho contra a Itália, na Copa da Argentina.

Nina, é claro, não tinha assistido à Copa de 78, mas tinha visto o tal gol várias vezes na televisão. Era a decisão do terceiro lugar na Copa. O chute do Nelinho pegou tanto efeito, tanto veneno, que matou o Dino Zoff, goleiro da Itália. Com o gol, o Brasil ganhou o jogo e saiu da Argentina invicto, estufando o peito e se autodeclarando "Campeão Moral da Copa".

Nina deu um tapinha na perna do pai:

— É, pai, o gol do Zé Bundinha foi bonito mesmo. Mas eu não quero que o Ferroviário seja "campeão moral"!

— Calma, Nina, o juiz deve dar uns três minutos de desconto. Ainda dá tempo de empatar e levar o jogo pra prorrogação. Olha lá!

Córner pro Ferrinho. Com certeza a última chance do jogo.

— Eu não quero nem ver! — Nina tapou os olhos com a mão, mas logo afastou os dedos a fim de poder espiar.

No desespero, até o goleiro do Ferrinho atravessou o campo pra tentar marcar de cabeça. Eram 22 pessoas se atravancando na área do Bangu. O juiz mais 21 jogadores — só faltava o que ia bater o escanteio. Em toda a história daquele clássico, nunca se viu uma área tão lotada. Nunca houve tanta gente junta esperando um cruzamento. Tanta gente junta ouvindo a bola no vento. Tanta gente junta feito um congestionamento. Tanta gente junta crente que era o momento. Tanta gente junta contando com aquele tento...

O corado da Nia batão descontrolina. O corina danão batado descontrolia. O coração da Nina batia descontrolado...

Parecia que o coração também estava sem fôlego e queria sair pela boca e tomar um pouco de ar e ver com os próprios olhos a cobrança do escanteio. E lá foi a bola.

O goleiro do Ferrinho tinha uma impulsão absurda. Olhou a bola chegando, dobrou um pouco os joelhos, tomou impulso, subiu de olhos abertos, trinta centímetros, cinquenta, um metro, viu o canto esquerdo desguarnecido, mirou...

Piiiiiii!

Antes da cabeçada, o juiz levantou o braço, apitou e apontou pro meio do campo.

— Ele terminou o jogo? — Nina gritou pro pai. — Isso não vale! Não vale terminar o jogo com a bola no ar! Isso é roubo, é gatunagem, é marmelada, é covardia!

Mas parece que ninguém escutou os gritos da Nina.

Do outro lado do estádio, as bandeiras alvinegras começaram o carnaval. Estava o Peruca, estava o Banana, estava o Tonho, estavam o Tavinho e a Cida. Todos na torcida do Bangu, cantando, gritando e pulando o tetracampeonato.

No meio da confusão, subiu a voz do alto-falante:

— E atenção, senhoras e senhores. Neste momento o nosso querido Áureo Valente vai receber a chave da cidade e fazer um discurso.

O Sabonete subiu no palquinho improvisado e puxou o microfone:

— É uma honra estar aqui para receber esta homenagem. Quero dedicar esta chave a uma moça muito linda que eu conheci aqui, uns três anos atrás...

BANGU DOENTE

Durante a partida, o cartório do Mazinho, ao lado do campo, ficou superlotado. Isso mesmo. Pra variar, tinha casamento marcado bem pra hora da partida. Até domingo? Até. Aquilo ali mais parecia uma arquibancada popular.

Maria abriu o cartório um pouco antes do apito inicial. Estava angustiada. Queria estar na arquibancada pra ver o Sabonete. Queria contar a verdade pra Nina e pra todo mundo. Mas era tarde demais.

Foi entrando gente, foi entrando gente. Chegou uma hora em que o cartório estava mais cheio que o estádio.

Até o padre Amâncio apareceu. Estava doidinho pra ver o jogo, mas não queria ir pra nenhuma das torcidas pra não causar falatório.

— Eu só vim ver os noivos — disfarçou.
— Mas, padre, eles vão casar na igreja semana que vem...

O padre riu, maroto. Deus desculpava.

A Maria deu um suspiro. Era melhor andar logo com o casamento. Precisava de duas testemunhas, mas ninguém se habilitava. A sala do cartório estava abarrotada de gente, um zunzunzum dos diabos, ela pedia a cada um dos presentes que servisse como testemunha, mas o povo só queria saber de olhar pela janela.

— Espera um pouco, Maria, o jogo tá acabando.

— Sinto muito, mas eu preciso de duas testemunhas. Aliás, *nós* precisamos — falou, olhando pros noivos, buscando apoio.

Não conseguiu. Até o noivo já estava meio de lado, espiando o campo com o rabo do olho.

A Maria pelejou, pelejou, até que perdeu a paciência.

— Se não vai por bem, vai por também! — gritou, puxando o padre Amâncio e mais outro sujeito pelo braço.

Eles tentaram reagir, mas ela ficou firme:

— Nada disso! É só um minutinho!

E era mesmo muito rápido. As testemunhas só precisavam falar o nome completo, declarar a profissão, assinar o papel e pronto: estava testemunhado.

— Não é possível que vocês sejam tão imprestáveis — ela chiou.

O jogo terminou e estava começando o discurso do Sabonete. Maria entregou a caneta à primeira testemunha e perguntou:

— Nome completo?

— Ademir Corregozinho.

— O que que o senhor é?

— Ferroviário.

— Pronto, é só isso. Assine seu nome aqui e está livre.

Chamou o padre Amâncio.

— Nome completo?

— Amâncio Bravo de Medeiros.

— O que que o senhor é?

O padre não respondeu.

— O que que o senhor é?

O padre não abriu a boca.

De repente, Maria notou que ninguém mais estava olhando pro campo. Todos tinham se voltado e estavam olhando para ela, mudos e calados.

Então, no meio do silêncio, ela entendeu a razão. A voz do Sabonete vinha dos alto-falantes e ecoava em todos os cantos do cartório:

— É uma honra receber a chave da cidade, e eu quero dedicar esta chave a uma moça muito linda que eu conheci aqui, uns três anos atrás e hoje, na missa, encontrei de novo. Essa moça não sabe, mas, desde que eu fui embora de Campos Gerais, queria voltar só para vê-la de novo... Essa moça é a Maria do Mazinho, que trabalha logo ali, ó, no cartório.

Maria pegou fogo por dentro. Não acreditou em seus ouvidos... a voz do Sabonete dizendo o seu nome, chamando-a de linda. E agora, o que fazer? Olhou aflita para o padre Amâncio, a única pessoa no mundo que sabia da verdade.

A voz ecoando em seus ouvidos... Maria do Mazinho... do Mazinho... que trabalha ali, ó, no cartório... ó, no cartório...

Maria encarando o padre, sem saber o que fazer.

— Minha filha — ele tomou as mãos da moça, emocionado. — Não é todo dia que a gente vê uma declaração de amor em público.

— Mas, padre, o que os outros vão pensar de mim?

— Ora, isso é hora de pensar nos outros? Pense em você mesma, lembre o que você falou no confessionário. O Sabonete já deu o pontapé inicial...

Mas a Maria aguentou firme. Olhou para os papéis do casamento e repetiu, pela terceira vez, a pergunta:

— O que é que o senhor é?

E o padre Amâncio, com lágrimas nos olhos:

— Bangu doente!!!

E saiu em disparada rumo à arquibancada.

SEM BARREIRA

Mal escutou o discurso do Sabonete, Nina desceu da arquibancada e saiu em disparada rumo ao cartório. Que loucura, que coisa mais inesperada! Tinha que conversar com a Maria.

Encontrou a irmã sozinha, pondo os livros em ordem. Em cima da mesa, um bilhetinho escrito assim: "Maria, desculpe a declaração em público. Se você deixar, faço outra, sem barreira, à noite na pracinha".

Não estava assinado, mas a Nina reconheceu a letra do Sabonete. Olhou pra irmã, que arrumava pela décima vez os mesmos livros.

— Você vai, Maria? Vai encontrar o Sabonete?

— Até parece... — ela respondeu, pensativa, sem coragem de encarar a irmã.

— Por favor, Maria. Quem sabe você pede pra ele conversar comigo.

— De jeito nenhum.

— Pelo amor de Deus, Maria. Eu preciso falar com ele sobre a tal redação de português...

A Maria respirou fundo. Estava com um peso enorme na consciência por causa de tantas mentiras e por causa da redação. Demorou, custou, enrolou, mas acabou fazendo que sim com a cabeça.

— Tá bom, Nina. Eu vou fazer esse sacrifício...

Nina voltou pra casa e esperou sentada. Passaram todos os programas esportivos, os gols da rodada, os melhores momentos, passaram horas e horas, mas não chegava notícia.

— É, pai, o Sabonete nunca vai querer falar comigo. Aposto que a Maria foi lá e xingou o coitado até a quinta geração. O que foi que eu fiz pra merecer uma irmã dessas?

E foi pro quarto deitar. Já ia caindo no sono quando bateram na porta.

— Ô, mana! — a Maria chamou. — Tem uma pessoa aqui que quer falar com você.

Nina saltou da cama e abriu a porta de camisola mesmo.

— Sabonete!!!

Uma perna querendo tremer, a outra querendo dançar. Uma queria correr, a outra, chutar.

— Sabonete, você veio!

O craque sorriu com o rosto inteiro.

— A Maria contou que você é minha fã número um. Que você guarda tudo tudo o que os jornais e revistas falam de mim. É verdade mesmo?

Nina só olhou pro lado e apontou na direção do cofre redondo, repleto de papéis até a boca.

— Menina! — o Sabonete se espantou. — Assim você até me deixa encabulado...

E começou a fuçar nos jornais. De repente, levantou a cabeça e olhou pra Nina.

— Eu acabei de ter uma ideia, Nina. Não sei se você vai topar...

— Claro que eu topo! Eu topo qualquer coisa! — a Nina falou de explosão, lembrando toda a confusão das últimas semanas.

— A ideia é a seguinte, Nina: tem um repórter e um fotógrafo que vieram de São Paulo pra fazer uma matéria sobre o meu retorno a Campos Gerais. Eu tô achando que, pra matéria ficar completa, eles precisam fotografar você e esse seu cofre de notícias. Vai ser o ponto alto da reportagem!

Nina caiu sentada na cama e piscou duzentas vezes, pra ver se estava acordada mesmo. Que incrível, aparecer numa matéria sobre o Sabonete!

Enquanto o craque foi chamar os jornalistas, a Maria aproveitou pra dar na irmã o beijo que ela estava devendo havia tanto tempo. Gostaria de devolver pra ela a redação, mas isso era impossível. Tudo bem: no fundo, no fundo, aquela reportagem dava na mesma.

— Posso te contar um segredo? — ela cochichou no ouvido da irmã. — A partir de agora você pode chamar o Sabonete de cunhado.

— Jura? — Nina quase desmaiou. — O que é que te deu, Maria? Você não odiava o Sabonete? Ele não era um idiota, pé-rapado, ignorante?

A Maria pensou, matutou, e acabou achando uma saída perfeita:

— Que nada, Nina! O Áureo foi pra São Paulo e voltou outra pessoa. Ele não é jeca feito esses homens de Campos Gerais...

— É, mana, você não toma jeito, né? — Nina deu uma risada.

A Maria riu de volta.

— E tem mais, Nina. O Áureo vai conversar com o professor Ladeira e sugerir que ele seja o próximo treinador do Ferrinho.

Nina deu um pulo.

— Genial! O Ladeira sabe tudo de bola e não é de hoje.

— É isso aí, mana. Eles vão ver o nosso Ferrinho é no ano que vem...

O *nosso* Ferrinho, ela disse. O *nosso* Ferrinho! Nina nem cabia na camisola, de tanta satisfação.

Olhou pela janela e viu a torre da igreja, iluminada pela lua.

— Não é que o santo de casa acabou fazendo milagre?

DEPOIS QUE TUDO NÃO TERMINOU

Dizem que futebol é uma caixinha de surpresas. Num dia a gente ganha, no outro, deixa de perder. E a vida da gente não é assim mesmo? Até nas derrotas a gente tem que saber ganhar. Ou, como dizia o mestre Ladeira: do perdido, uma lasca.

O futebol fintou o tempo e continuou honrando o nome de Campos Gerais: na pelada do largo, nos 42 campos, nas missas do padre Amâncio, nas provas todas da escola. E nas decisões Ferroviário × Bangu, em que o Ferrinho, com novo treinador, finalmente deixou de ser zebra.

A redação do Sabonete? Essa sumiu mesmo, virou lembrança, virou lenda. Viajou na cacunda do vento, para embalar as histórias da cidade. Futebol é uma caixinha de música.

FIM

PRORROGAÇÃO

- Os comentários do Peruca sobre o professor Ladeira, no capítulo 'Na marca do pênalti' são inspirados no artigo 'O mundial e suas pompas', de Umberto Eco, publicado no livro *Viagem na irrealidade cotidiana* (Ed. Nova Fronteira, 1984).

- A descrição de Artur Friedenreich, que aparece no capítulo 'Intervalo', é do escritor Eduardo Galeano, no livro *Futebol ao sol e à sombra* (L&PM, 1995).

- No capítulo 'O bom filho', o sermão do padre Amâncio reproduz trechos do *Evangelho segundo São Lucas* (15, 11-32).

- No capítulo 'Uma casa bem afastada', a narração do gol é inspirada no locutor Sílvio Luiz.

- As personagens Ladislau Ladeira e Áureo Valente são fictícias e nunca foram convocadas para nenhuma seleção.

- A Campos Gerais do livro é uma cidade fictícia, não tem nenhum parentesco com a cidade mineira de mesmo nome.

O AUTOR

Nome completo
Leonardo Antunes Cunha

Local e data de nascimento
Bocaiúva (MG), 5 de junho de 1966

Cidade em que reside
Belo Horizonte

Estado civil
Casado

Profissão
Escritor e jornalista

Formação acadêmica
Graduação em Jornalismo e Publicidade
Pós-graduação em Literatura Infantojuvenil
Mestrado em Ciência da Informação
Doutorando em Artes

Tá bom, eu confesso: nunca fui craque de bola, nunca aprendi a dar bicicleta, não sei distinguir um 4-3-3 de um 3-5-2. Sou apenas um escritor.

Mas acho que esse é o grande barato da literatura: se eu não posso dar *show* de bola, as minhas personagens podem. E podem ir pra seleção, fazer gol de placa, dar lençol. Podem ganhar os troféus que eu não ganhei, perder os que eu nem disputei.

Se este é um livro sobre futebol? Mais ou menos. A história fala de artilheiros, craques, frangueiros, pernas de pau, carniceiros, matadores, pipoqueiros e fominhas. Tem torcedor apaixonado, tem pé-frio e tem sofredor...

Porém, mais do que isso, eu quis falar de uma turma de adolescentes que brincam, estudam, namoram, brigam, duvidam, descobrem, sofrem e se divertem. Enfim: crescem... e sempre rodeados de futebol.

Na marca do pênalti é o meu terceiro livro lançado pela Editora Atual, depois de *Pela estrada afora* e *As pilhas fracas do tempo*. Além desses, escrevi *Em boca fechada não entra estrela*, *O sabiá e a girafa*, *O inventor de brincadeiras*, *Sonho passado a limpo*, *Quase tudo na Arca-de-Noé*, *O menino que não mascava chiclê* e outros tantos, para crianças e adolescentes.

ENTREVISTA

Em *Na marca do pênalti*, Leo Cunha vai a uma imaginária cidade do interior de Minas Gerais para falar de uma paixão do povo brasileiro: o futebol. Vamos conversar com o autor?

Nos anos de ditadura, o governo usou o futebol para tentar ganhar popularidade. E isso levou muita gente de oposição a acusar o futebol de alienar o povo, como o professor Ladeira neste seu livro. Como fica para você esse conflito entre política e paixão, no caso do futebol? E como você vê, hoje em dia, essa situação?

Acredito que os políticos vão continuar sempre usando as paixões — e os medos — do povo para tentar impor suas ideias. Mas cada vez mais a gente está conseguindo perceber esses truques e separar a beleza do esporte da feiúra da politicagem. Pra quem adora futebol, seria muito triste parar de torcer só por causa disso.

É feito nos filmes, quando a gente vê, no meio da história, uma propaganda descarada de algum produto. A gente acha desagradável, às vezes até ridículo, mas se o filme é bom, acabamos gostando assim mesmo, né?

Na escola de Campos Gerais, os professores se valem da paixão pelo futebol que rola na cidade para motivar os alunos a aprender. Até as provas têm questões relacionadas a futebol. A literatura seria também uma maneira de produzir essa aproximação entre o conhecimento e as coisas que são importantes para o aluno fora da escola?

Bom, primeiro eu queria dizer que, em *Na marca do pênalti*, os professores não usam o futebol como tática de ensino, simplesmente. O futebol está entranhado na vida deles, ou seja, como todos os moradores da cidade, eles também amam o esporte, e isso se reflete até na hora das provas.

Mas, respondendo à pergunta, eu acho que a literatura pode, sim, levar a essa aproximação. Mesmo que o autor não esteja preocupado em "ensinar", toda história traz uma carga de informações, menos ou mais ligadas ao cotidiano do leitor.

Sua Campos Gerais não podia ter mais sabor e cor de coisa mineira. Qual a importância de Minas em sua obra?

Olha que interessante: quando eu converso com gente do Rio, de São Paulo, da Bahia, do Paraná, do Pará, ou de qualquer canto do Brasil, mal falo uma frase e a pessoa já diz "aposto que você é mineiro". Meu sotaque, meu ritmo, meu jeito de falar engolindo as sílabas, tudo isso já me entrega: sou mineiro demais da conta...

Por isso não me espanta (aliás, fico satisfeito!) ver que, nos meus livros, Minas apareça tão claramente entre as linhas. *Na marca do pênalti* é mesmo um livro recheado de "causos" mineiros, de expressões e situações típicas de Minas. O mesmo acontece em outros livros meus, como *Pela estrada afora*, *Conversa pra boy dormir*, *Nas páginas do tempo*, *O sabiá e a girafa*.

Mas acima de tudo eu sou brasileiríssimo, uai!

Exceto o Tonho, muito certinho, suas personagens adolescentes são meio moleques, até mesmo irreverentes, como o Peruca. Você as fez dessa forma por inspiração da ginga de corpo, do drible malandro do futebol? Ou por que acha que, assim, elas ficam de um jeito que dá mais gosto torcer por elas? O que significa trazer essas personagens moleques para sua obra?

Acho que um pouco de molecagem não faz mal pra ninguém. Quando a pessoa é certinha demais, sua vida acaba tendo poucas surpresas, reviravoltas e gargalhadas, e a literatura gosta muito dessas coisas. Por isso, nessa história, nenhuma personagem (nem mesmo o Tonho...) é uma pessoa exemplar o tempo todo. Cada um tem suas aflições, suas paixões, suas culpas, suas malandragens, seu jeito de ir driblando a vida.

Você é um torcedor fanático? Torce por qual time? Ou vai dar uma de padre Amâncio? Qual a importância de escrever sobre uma coisa que o apaixona?

Não vou ficar em cima do muro não. Sou torcedor do Cruzeiro, o time estrelado de Belo Horizonte. Torcedor apaixonado sim, mas não fanático: não costumo sofrer por causa de futebol. Não perco o humor nem o sono se o meu time perde o jogo. E prefiro torcer a favor do meu time do que contra os rivais, ao contrário de uns fanáticos que a gente vê por aí.

Escrever sobre futebol foi uma experiência difícil e divertida. Divertida porque eu pude colocar no papel várias emoções, sentimentos e ideias que tenho desde criança, quando eu sonhava em ser um jogador de futebol (assim como 90% dos meninos brasileiros). Aquele drible impossível, aquele golaço, aquela conversa com o meu grande ídolo...

Mas foi difícil, também, porque eu queria falar de futebol de um jeito meio íntimo, suave, sob o ponto de vista do torcedor, mais do que dos jogadores. Não foi por acaso que eu escolhi a Nina como a personagem cujos olhos vão revelando a história pra gente.

Em seu livro, você combina humor e mistério. Há os segredos por trás de cada personagem, e há as peripécias da turma, tentando desvendá-los. Nos gêneros humor e mistério, você tem seus autores favoritos? Quais?

O humor é meu companheiro antigo, e está presente em quase todos os meus livros, tanto na poesia quanto na crônica e na prosa. Adoro situações divertidas, imprevistos, desencontros, trapalhadas, e também gosto muito da brincadeira com as palavras e os sentidos.

Com certeza eu devo muito aos escritores que venho lendo desde criança: Lobato, Drummond, Millôr, Orígenes Lessa, João Carlos Marinho, Sylvia Orthof, Ana Maria Machado, Elvira Vigna, Maria Heloísa Penteado, Ruth Rocha, Luis Fernando Verissimo, José Paulo Paes, Mário Quintana e outros tantos!

Quanto ao mistério, foi uma grande paixão da adolescência: li quase tudo da Agatha Christie e Conan Doyle, depois descobri Edgar Allan Poe, Patricia Highsmith, além das "histórias de turma" (João Carlos Marinho, Marcos Rey, Stella Carr, Carlos Marigny, Lúcia Machado de Almeida). Mas, na hora de escrever, não costumo criar livros de mistério, suspense, policial, nada disso. Só mesmo quando o mistério penetra, quase escondido, na minha história. É o que aconteceu agora, com *Na marca do pênalti*.